ウタイテ！⑨

まさかのスキャンダル!?　急展開《きゅうてんかい》の恋《こい》のゆくえは…？

＊あいら＊・著　茶乃《ちゃの》ひなの・絵

JN167105

野いちごジュニア文庫

ついに、晴《はれ》への気持《きも》ちに気《き》づいた空《そら》。
しかし、草《そう》とのスキャンダルが、空《そら》の気持《きも》ちにブレーキをかけて……。

「ごめんな。なんかあったら、絶対《ぜったい》に俺《おれ》が守《まも》るから」

恋《こい》のバトルは、ついに佳境《かきょう》に……!?

「私《わたし》の気持《きも》ちはいつか……晴《はれ》くんの迷惑《めいわく》になっちゃうのかな……」
「晴《はれ》くんへの好《す》きは……と、友達《ともだち》としての好《す》きだからっ……」

初《はじ》めての恋《こい》に、戸惑《とまど》う空《そら》。

「空《そら》が俺《おれ》を好《す》きになるなんて、ありえないのに」
「俺《おれ》は空《そら》のこと――好《す》きだよ」

すれちがうふたりの恋《こい》のゆくえは――。

「晴《はれ》くんが、大好《だいす》きなのっ……」

急展開《きゅうてんかい》の第九巻《だいきゅうかん》、スタート！

Utaite!

ウタイテ! ⑨

まさかのスキャンダル!? 急展開《きゅうてんかい》の恋《こい》のゆくえは…?

登場人物《とうじょうじんぶつ》紹介《しょうかい》

波間《なみま》 海《うみ》 中《ちゅう》1

空《そら》の親友《しんゆう》。小《しょう》5からずっと仲良《なかよ》しで、いつでも空《そら》を守《まも》ってくれるたよりになる存在《そんざい》。はっきりと自分《じぶん》の意見《いけん》を言《い》うことができるまっすぐな性格《せいかく》の女《おんな》の子《こ》。空《そら》に気《き》がある男《おとこ》の子《こ》たちをライバル視《し》している。

日和《ひより》 空《そら》 中《ちゅう》1

イラストを描《か》くことが大好《だいす》きで、目立《めだ》つことと男《おとこ》の子《こ》が苦手《にがて》な女《おんな》の子《こ》。幼《おさな》いころに男《おとこ》の子《こ》からイヤがらせを受《う》けたことがきっかけで、ダテメガネと髪型《かみがた》で地味子《じみこ》を装《よそお》っているけど、素顔《すがお》は超美少女《ちょうびしょうじょ》。みんなには内緒《ないしょ》で『そらいろ』というペンネームで漫画家《まんがか》として活動《かつどう》している。

スカイライト

女子中学生《じょしちゅうがくせい》を中心《ちゅうしん》に大人気《だいにんき》の5人組歌《にんぐみうた》い手《て》グループ。メンバー全員《ぜんいん》、天気《てんき》にまつわる名前《なまえ》。顔出《かおだ》しはしていないため、容姿《ようし》はトップシークレット。全員超美声《ぜんいんちょうびせい》で、たくさんのファンを魅了《みりょう》している。

天陽《てんよう》 晴《はれ》 HARE 中《ちゅう》1

笑顔《えがお》がまぶしい元気《げんき》なさわやかイケメン男子《だんし》。クラスの人気者《にんきもの》で運動神経抜群《うんどうしんけいばつぐん》、真面目《まじめ》でリーダー気質《きしつ》。空《そら》と同《おな》じクラスで、いつも空《そら》のことを気《き》にかけてくれる。実《じつ》は独占欲《どくせんよく》が強《つよ》めで一途《いちず》なタイプ。

稲妻《いなづま》 雷《らい》 RAI 中《ちゅう》1

ぶっきらぼうで怒《おこ》りっぽいけど、正直者《しょうじきもの》で誰《だれ》よりも情《じょう》に厚《あつ》いタイプ。歌《うた》もスポーツもゲームも得意《とくい》だけど、勉強《べんきょう》は苦手《にがて》。前髪《まえがみ》をおろすと甘《あま》えん坊《ぼう》になる。実《じつ》は甘《あま》いものと小動物《しょうどうぶつ》が好《す》き。

AME 雫川《しずくがわ》 雨《あめ》 中《ちゅう》1

青《あお》い髪色《かみいろ》でおっとりとしていて、ふわふわした雰囲気《ふんいき》のいやし系男子《けいだんし》。IQ《アイキュー》200の天才《てんさい》で、戦闘系《せんとうけい》ゲームが得意《とくい》。純粋《じゅんすい》に見《み》えるけど、小《こ》悪魔的《あくまてき》な一面《いちめん》も。

YUKI 氷花《ひょうか》 雪《ゆき》 中《ちゅう》2

天空学園理事長《てんくうがくえんりじちょう》のひとり息子《むすこ》で生徒会長《せいとかいちょう》。王子《おうじ》さまタイプで普段《ふだん》は穏《おだ》やかだけど、怒《おこ》ると怖《こわ》い。ハーフの帰国子女《きこくしじょ》で、ふだんから人《ひと》との距離《きょり》が近《ちか》い。

KUMO 夜霧《やぎり》 雲《くも》 中《ちゅう》2

生徒会副会長《せいとかいふくかいちょう》。物静《ものしず》かで口数《くちかず》が少《すく》なく、なにを考《かんが》えているかわからないクール男子《だんし》。なんでも器用《きよう》にこなすけど、女《おんな》の子《こ》が苦手《にがて》。信頼《しんらい》している相手《あいて》にはとことん尽《つ》くす。

ダークエレメント

大手事務所《おおてじむしょ》に所属《しょぞく》している4人組《にんぐみ》の超人気歌《ちょうにんきうた》い手《て》グループ、通称《つうしょう》『ダクエレ』。個人活動《こじんかつどう》をしているメンバーも多《おお》く、根強《ねづよ》いファンがたくさんいるのも特徴《とくちょう》のひとつ。それぞれにメンバーカラーがある。スカイライトのよきライバル。

怒谷《いた に》 炎《えん》 EN **中《ちゅう》1**

空《そら》の中学《ちゅうがく》に転校《てんこう》してきた不器用《ぶきよう》なクール男子《だんし》で、空《そら》のトラウマの原因《げんいん》を作《つく》った幼《おさな》なじみ。“逸材《いつざい》”としてスカウトされた期待《きたい》の新人《しんじん》で、歌《うた》もダンスもできる。空《そら》のことがずっと好《す》き。ベース担当《たんとう》。

哀爽《あいさわ》 水《すい》 SUI **中《ちゅう》3**

そらいろ先生《せんせい》が描《えが》く漫画《まんが》の大《だい》ファンでもあるオタク男子《だんし》。悲観的《ひかんてき》な性格《せいかく》で人《ひと》を信用《しんよう》しない人嫌《ひとぎら》い。圧倒的《あっとうてき》な歌《か》唱力《しょうりょく》を持《も》ち歌《うた》いだすと人《ひと》が変《か》わる。ギター担当《たんとう》。

麻喜《まさき》 草《そう》 SOU **高《こう》1**

ダクエレのリーダーを務《つと》める。ゲーム実況《じっきょう》が得意《とくい》で、配信者《はいしんしゃ》としても人気《にんき》。いつもニコニコしているが腹黒《はらぐろ》なところがあり、怒《おこ》らせるととても怖《こわ》い。キーボード担当《たんとう》。

相楽《さがら》 鋼《こう》 KOU **高《こう》1**

優等生《ゆうとうせい》のフリした不良男子《ふりょうだんし》で、元《もと》・人《にん》気《き》バンドのドラマー。精神的《せいしんてき》に大人《おとな》な部分《ぶぶん》があるので、ダクエレの〝アニキ〟的《てき》な存在《そんざい》でもある。ドラム担当《たんとう》。

あらすじ

私《わたし》、中学《ちゅうがく》1年生《ねんせい》の普通《ふつう》の女《おんな》の子《こ》、空《そら》。じつはみんなにはナイショで少女漫画家《しょうじょまんがか》として活動《かつどう》してるんだ。

でも、その秘密《ひみつ》を**校内《こうない》でモテモテの男子《だんし》・晴《はれ》くん**に知《し》られちゃったの！

しかも、**スカイライト**のメンバーでもある晴《はれ》くんから**「俺《おれ》たちのイラストを描《か》いてほしい」**なんてお願《ねが》いされて…。

スキャンダル写真《しゃしん》と
やらが流出《りゅうしゅつ》したり…!?
ミスコンも無事《ぶじ》終《お》わりひと安心《あんしん》！
そう思《おも》っていたのに…
メガネを卒業《そつぎょう》したら、
なぜかみんながさらに
バチバチになったり…!?
波乱《はらん》はまだまだ続《つづ》きそうです…！
晴《はれ》くんへの想《おも》いを封印《ふういん》する
ことにした私《わたし》は、晴《はれ》くん
とうまく話《はな》せなくて…
そんな中《なか》、晴《はれ》くんと緊急《きんきゅう》デート!?
この想《おも》い、
やっぱり伝《つた》えたい…！
続《つづ》きは本文《ほんぶん》を
読《よ》んでね！
ふたりの恋《こい》のゆくえは…？

もくじ

ピンチ！

「……ごめん、空《そら》……」

私《わたし》の前《まえ》で立《た》ち止《ど》まった草《そう》さんが、申《もう》し訳《わけ》なさそうに表情《ひょうじょう》を曇《くも》らせている。

「ど、どうしたんですか？」

いつもニコニコしている草《そう》さんがこんな顔《かお》をするなんて……いったい何《なに》があったんだろう？

「まずいことになった……」

まずいこと……？

スマホの画面《がめん》を、私《わたし》に向《む》けた草《そう》さん。

「……っ、え？」

そこには、【大人気歌い手《だいにんきうたいて》「草《そう》」熱愛《ねつあい》⁉】という大《おお》きな見出《みだ》しと共《とも》に、草《そう》さんが私《わたし》の腕《うで》をつかんでいる写真《しゃしん》が載《の》っていた。

驚《おどろ》きを隠《かく》せなくて、写真《しゃしん》を見《み》て目《め》を丸《まる》くした。

この写真《しゃしん》は……この前《まえ》のカフェに入《はい》った時《とき》の……？

まるで、草《そう》さんが私《わたし》を抱《だ》きしめているように見《み》える写《うつ》り方《かた》だった。早《はや》く店内《てんない》に入《はい》ろうと、草《そう》さんに引《ひ》っぱられた時《とき》の一枚《いちまい》だと思《おも》う。もちろん草《そう》さんに抱《だ》きしめられてはいないけど、この角度《かくど》だと、そう見《み》えてしまう……。

それに、鋼《こう》さんも写《うつ》っていない。

きっと写真《しゃしん》を撮《と》った人《ひと》は、鋼《こう》さんがいることもわかってるはずなのに……。

もしかして、草《そう》さんに対《たい》して悪意《あくい》を持《も》っている人《ひと》が、撮《と》ったのかな……？

「ほんまにごめん……！　俺《おれ》の不注意《ふちゅうい》や……」

草《そう》さんに謝《あやま》られると、私《わたし》まで胸《むね》が痛《いた》い……。

草《そう》さんはあの日《ひ》、私《わたし》に付《つ》き合《あ》ってくれて、親身《しんみ》になって相談《そうだん》に乗《の》ってくれた。

優《やさ》しい草《そう》さんを陥《おとしい》れようとした人《ひと》がいるなんて、ひどいよ……。

今回《こんかい》の件《けん》は、草《そう》さんだって被害者《ひがいしゃ》だ。

それに……。

「あ、頭《あたま》を上《あ》げてください……！　顔《かお》は写《うつ》っていませんし、私《わたし》は大丈夫《だいじょうぶ》です……！　それより……私《わたし》のほうこそごめんなさい……」

私《わたし》がもっと、注意《ちゅうい》するべきだった……。

「草《そう》さんも鋼《こう》さんも、本人《ほんにん》だってバレないように警戒《けいかい》していたのに……こんな写真《しゃしん》を撮《と》られてしまって……」

ダクエレは結成《けっせい》からまだそれほど日《ひ》が経《た》っていないはずだし、デビュー後《ご》の大事《だいじ》な時期《じき》だと思《おも》うのに……私《わたし》のせいで、傷《きず》をつけてしまったかもしれない。

「なんで空《そら》ちゃんが謝《あやま》るん……ほんまに、かなわへんわ……」

え……？

なぜか、困《こま》ったように笑《わら》った草《そう》さん。

「お前《まえ》は十分《じゅうぶん》気《き》を使《つか》ってただろ。悪《わる》かったな」

鋼《こう》さんまで……。

首《くび》を横《よこ》に振《ふ》ると、鋼《こう》さんが私《わたし》の頭《あたま》をぽんっとなでた。

「そう言《い》ってもらえて、俺《おれ》たちも少《すこ》し気持《きも》ちが楽《らく》になった」

「ちょっと待《ま》って、どういうこと？　空《そら》に何《なに》したの？」

ずっと黙《だま》って話《はなし》を聞《き》いてくれていた晴《はれ》くんが、怖《こわ》い顔《かお》で草《そう》さんたちを見《み》ていた。

「そうだ。どういうことか説明《せつめい》してもらおうか」

「こんな写真《しゃしん》撮《と》られるとかっ……」

「どんな理由《りゆう》があって、抱《だ》きしめたの？」

晴《はれ》くんだけじゃなく、雲《くも》くんと雷《らい》くんと雨《あめ》くんも鋼《こう》さんを尋問《じんもん》するようにじっと見《み》ている。

「ご、誤解《ごかい》なの！　草《そう》さんは、ただ手《て》を引《ひ》っぱっただけで……」

「手《て》を握《にぎ》ったってこと？」

私《わたし》の言葉《ことば》を遮《さえぎ》るように、今度《こんど》は雪《ゆき》くんがそう言《い》った。

みんな、顔《かお》が怖《こわ》いけど……怒《おこ》ってるのかな……？

もしかして私《わたし》が男《おとこ》の子恐怖症《こきょうふしょう》だから、心配《しんぱい》してくれてるのかもしれない。

「スイーツ食《た》べたくて、浮《う》き足立《あしだ》っててん……全面的《ぜんめんてき》に俺《おれ》の不注意《ふちゅうい》や」

「いや……早《はや》く店《みせ》に入《はい》ろうとして、手《て》を引《ひ》っぱったところをヘンなふうに撮《と》られたんだ。この場《ば》には俺《おれ》もいたし、撮影《さつえい》した奴《やつ》には見《み》えていたはずだ」

鋼《こう》さんが、草《そう》さんをかばうように説明《せつめい》を付《つ》け足《た》してくれた。

「つまり、草《そう》をおとしいれようとしたってことか……？」

眉間《みけん》にしわを寄《よ》せながら、炎《えん》くんがつぶやいた。

「まあ、俺《おれ》こんな性格《せいかく》やし、敵多《てきおお》いしなぁ……ほんまに、もっと気《き》をつけるべきやった。炎《えん》くんも、大切《たいせつ》なメンバーを傷《きず》つけられて、許《ゆる》せないみたいだ。

俺《おれ》が甘《あま》かった」

草《そう》さん……。

「俺《おれ》のせいで、空《そら》まで巻《ま》きこんでほんまにごめん」

本当《ほんとう》に、私《わたし》に謝罪《しゃざい》なんていらないのに……。

困《こま》ったように笑《わら》う草《そう》さんが苦《くる》しそうに見《み》えて、ズキッと胸《むね》が痛《いた》む。

「この件《けん》については、俺《おれ》からも誤解《ごかい》だって上《うえ》に伝《つた》える。ファンにも説明《せつめい》するから、ひとまず俺《おれ》たちにまかせてほしい」

鋼《こう》さんの言葉《ことば》に、こくりとうなずいた。

「顔《かお》は写《うつ》ってへんとはいえ……ほんまにごめんな。なんかあったら、絶対《ぜったい》に俺《おれ》が守《まも》るから」

「私《わたし》にも、何《なに》かできることがあれば言《い》ってください」

「ありがとう、空《そら》」

「絶対《ぜったい》にお前《まえ》を危険《きけん》に晒《さら》さないようにするから、安心《あんしん》しろ」

鋼《こう》さんの言葉《ことば》に、「ありがとうございます」とお礼《れい》を伝《つた》える。

「じゃあ……俺《おれ》らは行《い》くわな」

「俺《おれ》も行《い》く」

「炎《えん》、お前《まえ》は学園祭《がくえんさい》の途中《とちゅう》だろ。学校《がっこう》が終《お》わってからにしろ」

「そらいろ先生《せんせい》、また……！　来月《らいげつ》の連載《れんさい》も楽《たの》しみにしてます……！」

炎《えん》くん以外《いがい》のダクエレのみなさんが、足早《あしばや》に去《さ》っていく。

草《そう》さん、大丈夫《だいじょうぶ》かな……。

誤解《ごかい》だって、わかってもらえますように……。

「空《そら》ちゃん、大丈夫？」

雪《ゆき》くんの声《こえ》にハッとして、笑顔《えがお》を返《かえ》す。

「う、うん！　……でも、草《そう》さんが心配《しんぱい》……」

「アイツは心配《しんぱい》いらない。世渡《よわた》り上手《じょうず》だし、炎上《えんじょう》してもうまく流《なが》してる」

「そういえば、前《まえ》もなんかあったけどうまく対応《たいおう》してたな」

炎《えん》くんと雷《らい》くんの言葉《ことば》に、少《すこ》しだけ安心《あんしん》した。

「ダクエレのファンって、デマに惑《まど》わされない人《ひと》が多《おお》いもんね」

雪《ゆき》くんが言《い》うなら、本当《ほんとう》にそうなんだろうな。

「お前《まえ》たちだったら、対応《たいおう》しきれなかっただろうけど」

「どういう意味《いみ》？」

炎《えん》くんの発言《はつげん》に、晴《はれ》くんが不満《ふまん》そうにしている。

「スカイライトって、ノースキャンダルだろ？　お前《まえ》たちに不祥事《ふしょうじ》とかスキャンダルが出《で》たら……まちがいなく大炎上《だいえんじょう》だろ」

え……？

「僕《ぼく》たちはダクエレとちがって、クリーンだから」

「は？　俺《おれ》たちだって真剣《しんけん》に活動《かつどう》してるっつーの」

ばちばちと火花《ひばな》を散《ち》らしている雪《ゆき》くんと炎《えん》くん。

「俺《おれ》たちのファンだって、デマに惑《まど》わされたりはしない」

「僕《ぼく》たちのファンの子《こ》たち、いい人《ひと》ばっかりだもんね〜」

みんなが口々《くちぐち》に反論《はんろん》しているけど、私《わたし》は炎《えん》くんの言葉《ことば》が引《ひ》っかかってしまった。

たしかに……考《かんが》えたことがなかったけど、みんなだって悪質《あくしつ》なマスコミに狙《ねら》われているはずだ。

今《いま》は顔出《かおだ》ししていないとはいえ……いつかは素顔《すがお》のまま表舞台《おもてぶたい》に立《た》つ時《とき》も来《く》るだろうし……そうなったら、今《いま》みたいに堂々《どうどう》と街《まち》を歩《ある》くことはできなくなるのかな……。

一緒《いっしょ》に遊《あそ》びに行《い》ったりとかは、絶対《ぜったい》にむずかしくなるだろうし……。

それに……もし今回《こんかい》みたいに、みんなと写真《しゃしん》を撮《と》られたりしたら、私《わたし》のせいで……スカイライトに迷惑《めいわく》がかかってしまうことも……。

——ピン、ポン、パン、ポーン。

「学園祭終了《がくえんさいしゅうりょう》時間《じかん》の三十分前《さんじゅっぷんまえ》になりました」

放送《ほうそう》のアナウンスが、校内《こうない》に鳴《な》り響《ひび》く。

「そろそろ教室《きょうしつ》に戻《もど》らないとね」

ほんとだっ……ちょっと休憩《きゅうけい》と思《おも》ってたけど、けっこう時間《じかん》が経《た》っちゃったっ……。

「空《そら》、着替《きが》えに行《い》こっか」

「う、うん」

「待《ま》ってくれ。写真《しゃしん》を撮《と》らせてくれ」

く、雲《くも》くん……？

なぜか名残惜《なごりお》しそうに、こっちを見《み》ている。

「ず、ずりーぞ……！」

「僕《ぼく》も僕《ぼく》も～！　空《そら》ちゃん、こっち向《む》いて！」

「え、えっと……」

どうすればいいかわからず、晴《はれ》くんを見《み》る。

「俺《おれ》にもあとで送《おく》ってね……！　あ、ふたりで撮《と》ってほしい……！」

は、晴《はれ》くんまでっ……。

「却下《きゃっか》」

「なんで……！」

雪《ゆき》くんに拒否《きょひ》され、晴《はれ》くんはむすっと頬《ほお》をふくらませている。

無言《むごん》で写真《しゃしん》を撮《と》る雲《くも》くんを見《み》て、思《おも》わず苦笑《にがわら》いしてしまった。

学園祭終了《がくえんさいしゅうりょう》

「空《そら》!!　おかえり!!」

着替《きが》えて晴《はれ》くんと教室《きょうしつ》に戻《もど》ると、海《うみ》ちゃんが元気《げんき》いっぱいに迎《むか》えてくれた。

「わっ……！」

「最高《さいこう》のステージだった……！　隣《となり》が天陽《てんよう》なのは気《き》に入《い》らなかったけど」

「波間《なみま》はひとこと言《い》わないと気《き》がすまないんだね」

あはは……。

クラスメイトのみんなも、私《わたし》と晴《はれ》くんのほうに集《あつ》まってきてくれる。

「日和《ひより》さん、おめでとう……!!」

「すごいかわいかった……！」

「うん……！　輝《かがや》いてたよ……！」

ほめられるのに慣《な》れていなくて、恥《は》ずかしい気持《きも》ちになった。

お世辞《せじ》を言《い》わせてしまって申《もう》し訳《わけ》ないけど、みんなの優《やさ》しさがうれしいな……。

「あ、ありがとうございますっ……みんなのおかげです……！」

それに、この優勝《ゆうしょう》は晴《はれ》くんのおかげだ。

私《わたし》はオマケみたいなものだから、晴《はれ》くんを讃《たた》えてほしい。

「ふたりの姿《すがた》、感動《かんどう》しました……！」

「ぶっちぎりの優勝《ゆうしょう》でしたね……！」

学祭委員《がくさいいいん》さんたち……！

パチパチと拍手《はくしゅ》をしながら、歩《あゆ》み寄《よ》ってきてくれたふたり。

「学祭委員《がくさいいいん》さんたちも、いつも練習《れんしゅう》に付《つ》き合《あ》ってくれてありがとうございました……！」

「い、いえ、とんでもない……」

「顔《かお》がニヤけてますよ」

「し、仕方《しかた》ないでしょう……」

何《なに》やらこそこそと話《はな》しているふたり。

会話《かいわ》の内容《ないよう》は聞《き》こえないけど、みんな喜《よろこ》んでくれているのだけはわかった。

私《わたし》も、晴《はれ》くんに感謝《かんしゃ》しなきゃ……。

ここまで来《く》ることができたのはまちがいなく、晴《はれ》くんのおかげだから。

「空《そら》、おつかれさま」

こっちを見《み》た晴《はれ》くんと、視線《しせん》がぶつかった。

ドキッと、心臓《しんぞう》が大《おお》きく高鳴《たかな》る。

どうしよう……自覚《じかく》したとたん、晴《はれ》くんが前以上《まえいじょう》にきらきらして見《み》える……。

ライブの時《とき》から、晴《はれ》くんのことをまともに見《み》れなくなっていたけど……悪化《あっか》しちゃいそうだ……。

不自然《ふしぜん》がられないように、なんとかしなきゃ……。

「は、晴《はれ》くんこそ、おつかれさまっ……本当《ほんとう》にありがとう」

「こちらこそ。空《そら》のおかげだよ」

「う、ううん、晴《はれ》くんのおかげ！」

「いや、空《そら》のおかげだよほんとに。空《そら》が一番輝《いちばんかがや》いてたから」

そ、そんな……まちがいなく、晴《はれ》くんなのに……。

「おい、いいかげんにしろ」

「ほんとよ……！　何見《なにみ》せられてんのよ……！」

あれ？　え、炎《えん》くんと海《うみ》ちゃん、どうしてそんなに怒《おこ》ってるんだろう？

「ご、ごめんね……！」

「ちがう！　空《そら》は悪《わる》くないの！」

「そうだ。全部《ぜんぶ》こいつが悪《わる》い」

「ふたりもミスコン出《で》ればよかったのに」

なぜか、勝《か》ち誇《ほこ》った表情《ひょうじょう》でふたりを見《み》た晴《はれ》くん。

炎《えん》くんと海《うみ》ちゃんの瞳《ひとみ》の奥《おく》に、メラメラと炎《ほのお》が燃《も》え上《あ》がっているように見《み》えた。

「お前《まえ》……いつか潰《つぶ》す……」

「ほんとに嫌《きら》いだわ、あんた……」

「あ、あの……！」

大《おお》きな声《こえ》が聞《き》こえて、反射的《はんしゃてき》に振《ふ》り返《かえ》る。

あ……河合《かわい》さん……。

「日和《ひより》さん……さ、さっきは、本当《ほんとう》にごめんなさい……さっきだけじゃなくて、準備期《じゅんびき》間中《かんちゅう》、ずっと……」

あらためて謝《あやま》りに来《き》てくれたのか、河合《かわい》さんと仲良《なかよ》しの女《おんな》の子《こ》たちも頭《あたま》を下《さ》げていた。

「い、いえ……！　ほんとにもう気《き》にしないでください……！」

さっき謝《あやま》ってもらったし、それだけで十分《じゅうぶん》だ。

「ほんとにきれいだった……優勝《ゆうしょう》おめでとう」

きらきらした目《め》でそう言《い》ってくれた河合《かわい》さんに、照《て》れくさい気持《きも》ちになる。

河合《かわい》さんって、ほんとにかわいいお顔《かお》っ……。

「あ、ありがとうございます……！　わ、私《わたし》は何《なに》もしてませんが、晴《はれ》くんのおかげで、みんなで焼肉《やきにく》に行《い》けますね」

焼肉《やきにく》という言葉《ことば》に、周《まわ》りにいたクラスメイトたちも盛《も》り上《あ》がっていた。

「早速《さっそく》このあと食《た》べに行《い》こうぜ！」

「今日《きょう》は片《かた》づけもあるから無理《むり》だよ」

「明日《あした》みんなで行《い》こうよ！」

「楽《たの》しみ～！」

ミスコン……最初《さいしょ》はすごく怖《こわ》くて、不安《ふあん》ばっかりだったけど……参加《さんか》してよかったな……。

喜《よろこ》んでいるクラスメイトの姿《すがた》を見《み》て、笑《え》みがあふれた。

支《ささ》えてくれた晴《はれ》くんには、感謝《かんしゃ》しかない……。

きっと……うん、絶対《ぜったい》に、晴《はれ》くんがペアじゃなかったら乗《の》り切《き》れなかった。

「ほんとに空《そら》のおかげなのに」

え……？

晴《はれ》くんの声《こえ》に顔《かお》を上《あ》げると、愛情《あいじょう》のこもった瞳《ひとみ》と視線《しせん》がぶつかった。

晴《はれ》くん……？

「一番《いちばん》かわいかったよ。俺《おれ》にとっては、ずっと前《まえ》から一番《いちばん》だけど」

ふわりと微笑《ほほえ》む晴《はれ》くんに、心臓《しんぞう》が痛《いた》いほど高鳴《たかな》り始《はじ》める。

晴《はれ》くんは、いつもかわいいって言《い》ってくれるけど……きっと、深《ふか》い意味《いみ》はないってわかってる。

わかってるけど……好《す》きだって自覚《じかく》した人《ひと》に、そんなことを言《い》われたら……どうしたって、ときめいてしまう……。

「だーかーら!!」

「やめろって言《い》ってんだろ!!」

海《うみ》ちゃんと炎《えん》くんが、また声《こえ》をあげた。

「はぁ……うるさいな……」

あきれている晴《はれ》くんの隣《となり》で、私《わたし》は赤《あか》くなっている顔《かお》を隠《かく》すので精《せい》いっぱいだった。

どうしよう……。

ただでさえ、もうどうしていいかわからないのに……もっともっと、好《す》きになってしまう……。

晴《はれ》くんへの気持《きも》ちが、あふれ出《だ》してしまいそう……。

恥《は》ずかしくて、少《すこ》しの間《あいだ》、顔《かお》を上《あ》げられなかった。

お久《ひさ》しぶりのご対面《たいめん》

「以上《いじょう》をもちまして、天空学園祭《てんくうがくえんさい》を終了《しゅうりょう》いたします。本日《ほんじつ》は、ご来場《らいじょう》いただきありがとうございました——」

学園祭《がくえんさい》が終《お》わって、後片《あとかた》づけの時間《じかん》になる。

生徒会役員《せいとかいやくいん》の仕事《しごと》はきちんと片《かた》づけられているかの確認《かくにん》がメインだから、下校時間《げこうじかん》になるまで学校中《がっこうじゅう》を走《はし》り回《まわ》っていた。

つ、疲《つか》れたっ……。

全部終《ぜんぶお》わって、生徒会室《せいとかいしつ》に集《あつ》まると、すでに仕事《しごと》を終《お》わらせたみんなの姿《すがた》が。

「空《そら》ちゃん、おつかれさま」

「おつかれさまっ……」

疲《つか》れ果《は》てている私《わたし》とはちがって、全員余裕《ぜんいんよゆう》の表情《ひょうじょう》を浮《う》かべている。

やっぱり、みんなは体力《たいりょく》おばけだな……あはは……。

「問題《もんだい》なかった？」

「うん、確認《かくにん》も全部《ぜんぶ》終《お》わって、問題《もんだい》なかったよ」

「よかった……それじゃあ、これで生徒会《せいとかい》の仕事《しごと》も終《お》わりだね」

雪《ゆき》くんがプリントにサインをして、ふぅ……と息《いき》をついた。

「学園祭《がくえんさい》、おつかれさま」

「終《お》わった〜！」

雷《らい》くんが大《おお》きな声《こえ》をあげて、うんっと伸《の》びをした。

「やはり、活動《かつどう》と両立《りょうりつ》は大変《たいへん》だったな」

「うん、けっこう忙《いそが》しかったね〜」

「今年《ことし》はとくに、雑用《ざつよう》が多《おお》かった気《き》がするよ」

準備期間《じゅんびきかん》から当日《とうじつ》まで……短《みじか》いようで、あっという間《ま》だった……。

大変《たいへん》なこともたくさんあったけど……すごく充実《じゅうじつ》した期間《きかん》だったな……。

ミスコンに出《で》ることが決《き》まって、初《はじ》めて演技《えんぎ》や発表《はっぴょう》の練習《れんしゅう》をしたり、生徒会《せいとかい》の仕事《しごと》をしたり、たまに教室《きょうしつ》の出《だ》し物《もの》の用意《ようい》も手伝《てつだ》ったり……。

振《ふ》り返《かえ》ると、全部《ぜんぶ》がいい思《おも》い出《で》だ……。

「楽《たの》しかったね」

晴《はれ》くんが、にこっと微笑《ほほえ》んでくれる。

私《わたし》の心臓《しんぞう》は、またドキッとしてしまう。

「うん……！」

胸《むね》のドキドキがバレないように、私《わたし》も笑顔《えがお》を返《かえ》した。

「じゃあ、今日《きょう》はもう解散《かいさん》でいいかな。明日《あした》は学園祭《がくえんさい》の代休《だいきゅう》だから、今日《きょう》と明日《あした》、みんなしっかり休《やす》んでね」

カバンを持《も》って、立《た》ち上《あ》がったみんな。

「雷《らい》くん、教室《きょうしつ》に顔出《かおだ》す？」

「いや、このまま帰《かえ》る。クラスのやつらも帰《かえ》ってるだろ」

私《わたし》と晴《はれ》くんも教室《きょうしつ》であいさつしているから、カバンを持《も》って帰《かえ》る支度《したく》をした。

全員《ぜんいん》で生徒会室《せいとかいしつ》を出《で》て、帰《かえ》る方向《ほうこう》へと歩《ある》き出《だ》す。

「明日《あした》、打《う》ち上《あ》げ楽《たの》しみだね」

そういえば、明日《あした》はクラスのみんなで焼肉《やきにく》に行《い》くんだ……！

「そっか。晴《はれ》たちはミスコンで優勝《ゆうしょう》したから、焼肉食《やきにくた》べ放題券《ほうだいけん》もらったんだっけ？　生《せい》徒会《とかい》でも打《う》ち上《あ》げしたいね」

「お！　雪《ゆき》それいいな！　やろーぜ！」

「明後日《あさって》の放課後《ほうかご》、みんなでスイーツ店《てん》に行《い》くか」

「僕《ぼく》は甘《あま》いものはちょっとな〜」

みんな学園祭《がくえんさい》が終《お》わってほっとしているのかな……楽《たの》しそう……ふふっ。

「空《そら》〜！」

あれ……？

靴《くつ》を履《は》き替《か》えて運動場《うんどうじょう》に出《で》た時《とき》、私《わたし》の名前《なまえ》を呼《よ》ぶ声《こえ》が聞《き》こえた。

「お母《かあ》さん……！」

声《こえ》がしたほうを見《み》ると、元気《げんき》よくこっちへ走《はし》ってくるお母《かあ》さんの姿《すがた》が。

来《き》てくれるとは言《い》ってたけど……終《お》わるまで待《ま》っててくれたんだ……！

お母《かあ》さんは勢《いきお》いのまま、私《わたし》に抱《だ》きついてきた。

苦《くる》しいくらい抱《だ》きしめられて、「うっ……」と声《こえ》がもれる。

「ミスコンのステージ、とっても素敵《すてき》だったわ〜！」

み、見《み》てくれたんだっ……。

ちょっと恥《は》ずかしいけど……お母《かあ》さんに、メガネを外《はず》してステージに立《た》ったところを見《み》てもらえたのはうれしい。

少《すこ》しは、お母《かあ》さんを安心《あんしん》させられたかな……？

「お母《かあ》さん、たくさん写真撮《しゃしんと》ったの……！」

笑顔《えがお》のお母《かあ》さんが、スマホの画面《がめん》を見《み》せてくれる。

そこには、同《おな》じような写真《しゃしん》がびっしり並《なら》んでいた。

い、いったい何枚撮《なんまいと》ったんだろう……あはは……。

「この写真《しゃしん》、おうちに飾《かざ》らないと……！」

「は、恥《は》ずかしいよっ……」

さすがに写真《しゃしん》を飾《かざ》るのはやめてほしいけど、お母《かあ》さんがうれしそうにしてくれて、私《わたし》もうれしいな……。

「空《そら》ちゃんのお母《かあ》さん、お久《ひさ》しぶりです」

あっ、そうだっ……！　お母《かあ》さんがいたことにびっくりして、みんながいることを忘《わす》れてしまってたっ……！。

雪《ゆき》くんが代表《だいひょう》するようにお母《かあ》さんに声《こえ》をかけて、お母《かあ》さんも視線《しせん》を移《うつ》した。

興奮《こうふん》してみんなに気《き》づいていなかったのか、びっくりしている。

「あら……！　空《そら》のお友達《ともだち》のみんな……！」

そういえば、みんなとお母《かあ》さんは一度《いちど》話《はな》しているんだ。

お母《かあ》さんに、ひどいことを言《い》ってしまった時《とき》……みんながうちまでついてきてくれたから。

あわてて私《わたし》から離《はな》れて、お母《かあ》さんはみんなにぺこりと頭《あたま》を下《さ》げた。

「いつも空《そら》がお世話《せわ》になってます」

「こちらこそ。空《そら》ちゃんにはお世話《せわ》になってばかりです」

「ふふっ、この子《こ》しっかりしてるでしょう？」

「お、お母《かあ》さんっ……」

は、恥《は》ずかしいよっ……。

「はい、とても」

ゆ、雪《ゆき》くんまで……。

お母《かあ》さんはうれしそうに微笑《ほほえ》みながら、晴《はれ》くんを見《み》てハッとした表情《ひょうじょう》になった。

「空《そら》と一緒《いっしょ》にミスコンに出《で》てたお友達《ともだち》よね？」

「は、はい」

心《こころ》なしか、ピシッと背筋《せすじ》を伸《の》ばした晴《はれ》くん。

「ふたりとも素敵《すてき》だったわ～。あ、そうだ！　ふたりの写真《しゃしん》もたくさん撮《と》ったの！　よかったらデータいるかしら？」

「い、いいんですか……！」

晴《はれ》くん、どうしてそんなに目《め》を輝《かがや》かせているんだろう……？

そんなに写真《しゃしん》が欲《ほ》しかったのかな？

たしかに、顔出《かおだ》しをしていないとはいえ、晴《はれ》くんたちは表《おもて》に立《た》つお仕事《しごと》をしている人《ひと》たちだし……自分《じぶん》の姿《すがた》を見《み》るのはきっと大切《たいせつ》なんだろうな。

「えっと、こういうのってどうやって送《おく》るのかしら……？」

「このボタンを押《お》していただいて……」

晴《はれ》くんに説明《せつめい》を受《う》けながら、写真《しゃしん》を送《おく》っているお母《かあ》さん。

無事《ぶじ》に送信《そうしん》できたのか、晴《はれ》くんは自分《じぶん》のスマホの画面《がめん》を見《み》て目《め》をきらきらさせていた。

「ありがとうございます……！」

すごく喜《よろこ》んでる……もしかしたら晴《はれ》くん、ミスコンの衣装《いしょう》が相当気《そうとうき》に入《い》ってたのかもしれない。

もしくは、思《おも》い出《で》を大切《たいせつ》にする人《ひと》なのかな。

どっちにしても、晴《はれ》くんは素敵《すてき》な人《ひと》だと思《おも》う。

「ふふっ、かっこよく撮《と》れてるでしょう？」

「はい……すごくかわいいです……」

ん？　かわいい……？

「これからも、空《そら》のことよろしくお願《ねが》いします」

お母《かあ》さんはあらためて、みんなにあいさつしてくれた。

スカイライトのみんなも、次々《つぎつぎ》と頭《あたま》を下《さ》げている。

「こちらこそ……！」

「夜霧雲《やぎりくも》です。末長《すえなが》くよろしくお願《ねが》いします」

「お、おい、ちげーだろ！」

「僕《ぼく》も、末長《すえなが》くよろしくお願《ねが》いします！」

「そ、空《そら》ちゃんのことは、僕《ぼく》たちが必《かなら》ず守《まも》ります……！」

頭《あたま》を下《さ》げ合《あ》っているみんなの姿《すがた》を見《み》て、どうしていいかわからずひとりおろおろしてしまった。

「あらあら、頼《たの》もしいわ～」

「う、うん、みんなほんとにすごくいい人《ひと》たちで、いつもお世話《せわ》になってるんだよ……！」

さっき雪《ゆき》くんはああ言《い》ってくれたけど……お世話《せわ》になりっぱなしなのは私《わたし》のほうだ。

みんなにはたくさん恩《おん》があるし、この恩《おん》をちゃんと、行動《こうどう》で返《かえ》せる人《ひと》になりたいな……。

「よかったらおうちにも遊《あそ》びにきてね」

「ぜ、ぜひ……！」

「またあらためてあいさつに行《い》かせていただきます」

「雲《くも》、お前《まえ》いいかげんにしろよ……！」

「わ～、うれしいです！」

「これからもよろしくお願《ねが》いします」

なんだか、幸《しあわ》せな光景《こうけい》だな……。

大好《だいす》きな人《ひと》たちと、大好《だいす》きな人《ひと》が一緒《いっしょ》にいて……。

みんなを見《み》ながら、心《こころ》の底《そこ》からそう思《おも》った。

気《き》持《も》ちのゆくえ

お母《かあ》さんと家《いえ》に帰《かえ》ってきて、すぐにお風呂《ふろ》に入《はい》った。
草《そう》さんがくれたメイク落《お》としを使《つか》ったあと、同《おな》じく草《そう》さんオススメの洗顔《せんがん》で洗《あら》う。
さっぱりしたっ……。
頭《あたま》を乾《かわ》かして、自分《じぶん》の部屋《へや》に行《い》く。
スマホを開《ひら》いて、考《かんが》えるのは草《そう》さんのことだった。
あのあと、草《そう》さん大丈夫《だいじょうぶ》だったかな……。
心配《しんぱい》だな……。
SNS《エスエヌエス》を見《み》ようと思《おも》ったけど、少《すこ》し怖《こわ》くてためらってしまう。
もし、大炎上《だいえんじょう》していたらどうしよう……。
草《そう》さんに……ダクエレのみなさんに迷惑《めいわく》をかけてしまったら……。
心配《しんぱい》と不安《ふあん》で、胸《むね》がいっぱいになる。
――プルルル、プルルル。

突然《とつぜん》鳴《な》り響《ひび》いた着信音《ちゃくしんおん》に、びくっと肩《かた》がはねた。

だ、誰《だれ》……って、草《そう》さん⁉

すぐに電話《でんわ》に出《で》ると、スマホ越《ご》しに聞《き》こえた草《そう》さんの声《こえ》。

『もしもし空《そら》？　急《きゅう》に電話《でんわ》してごめんな』

「い、いえ……！」

『SNS《エスエヌエス》って見《み》た？』

「み、見《み》てないです」

『簡潔《かんけつ》に説明《せつめい》すると、今回《こんかい》の件《けん》は仕事関係者《しごとかんけいしゃ》ってことで丸《まる》くおさまったわ』

丸《まる》くおさまったってことは、大丈夫《だいじょうぶ》だったのかな……？

それなら、よかった……。

心底安心《しんそこあんしん》して、ほっと息《いき》をついた。

でも、仕事関係者《しごとかんけいしゃ》って言《い》った……？

『事務所《じむしょ》は実《じつ》の 妹《いもうと》ってことにしろって言《い》ってきたんやけど、ファンにウソはつきたないし、そらいろ先生《せんせい》にはいつかダクエレのイラスト描《か》いてもらう予定《よてい》やから、将来的《しょうらいてき》には関係者《かんけいしゃ》やろ？』

「え、えっと……」

そ、それは、なんて言《い》えば……。

『担当《たんとう》してくれた美容師《びようし》の人《ひと》おぼえてる？　その人《ひと》も証言《しょうげん》してくれて、周《まわ》りも信《しん》じてくれてん。それに、鋼《こう》もおったしな』

なるほど……！　そうだったんだ……！

『ダクエレのファンはこんなことで騒《さわ》いだりしないから、問題《もんだい》ない。SNS《エスエヌエス》でも収拾《しゅうしゅう》がついてる』

あれ、鋼《こう》さんの声《こえ》？　一緒《いっしょ》にいるのかな？

すぐにパソコンを開《ひら》いて、SNS《エスエヌエス》を確認《かくにん》する。

トレンドには「ダクエレ」「草《そう》」「デマ」というワードが入《はい》っていた。

【これほんとに抱《だ》きしめてる？　そんなふうに見《み》えないけど……】

【とりあえず、草《そう》のコメント待《ま》とう！】

【草《そう》がデマって言《い》った！　ほかの人《ひと》も一緒《いっしょ》にいたらしいよ】

【マスコミって嫌《いや》だよね】

ほんとだ……よかった……。

今度《こんど》こそ、安堵《あんど》の息《いき》をついた。

『迷惑《めいわく》かけてほんまにごめんな。空《そら》のことも顔《かお》はでてへんみたいやし、週刊誌《しゅうかんし》も顔《かお》は撮《と》れへんかったみたいやから、安心《あんしん》して』

「心配《しんぱい》してくださって、ありがとうございます」

『俺《おれ》のせいなんやから当《あ》たり前《まえ》やで。今日《きょう》は学祭《がくさい》で疲《つか》れたやろ？　ゆっくり休《やす》んでな。お礼《れい》にまた甘《あま》いもの食《た》べに行《い》こう。今度《こんど》は大勢《おおぜい》で』

お、大勢《おおぜい》だったら、ヘンな写真《しゃしん》も撮《と》られないってことかな……？

「草《そう》さんも、ゆっくり休《やす》んでくださいね」

『……ありがとうな。おやすみ』

「はい、おやすみなさい」

電話《でんわ》を切《き》って、ほっともう一度《いちど》息《いき》をついた。

大《おお》ごとにならなくて、よかった……。

でも、恋人《こいびと》でもない異性《いせい》とカフェに行《い》くだけで、こんな写真《しゃしん》を撮《と》られてしまうなんて、活動者《かつどうしゃ》さんって大変《たいへん》だな……。

『スカイライトって、ノースキャンダルだろ？　お前《まえ》たちに不祥事《ふしょうじ》とかスキャンダルが出《で》たら……まちがいなく大炎上《だいえんじょう》だろ』

さっきの、炎《えん》くんの言葉《ことば》を思《おも》い出《だ》した。

たしかに……専属《せんぞく》イラストレーターになる前《まえ》はわからないけど、みんなが炎上《えんじょう》しているのは見《み》たことがない。

雨《あめ》くんの引退疑惑《いんたいぎわく》が流《なが》れた時《とき》ですら、批判的《ひはんてき》な声《こえ》はほとんどなかったし……スカイライトはリスクマネジメントを徹底《てってい》してるんだと思《おも》う。

もし……メンバーの誰《だれ》かが写真《しゃしん》を撮《と》られたり、スキャンダルが出《で》たら、どうなるんだろう……。

晴《はれ》くんだって……。

今回《こんかい》みたいに、もし私《わたし》の不注意《ふちゅうい》で何《なに》かあったら……晴《はれ》くんの活動《かつどう》の邪魔《じゃま》になってしまう。

晴《はれ》くんは、スカイライトの「ハレ」くんなんだ。

恋人《こいびと》じゃなくても……女《おんな》の子《こ》といるだけで、大変《たいへん》なことになっちゃうかもしれない……。

想像《そうぞう》するだけで、怖《こわ》くなった。

私《わたし》……何《なに》も考《かんが》えてなかった。

晴《はれ》くんのことが好《す》きだって気《き》づいて、ふわふわした気持《きも》ちになっていたけど……もっと、深刻《しんこく》なことなんだ。

「私《わたし》の気持《きも》ちはいつか……晴《はれ》くんの迷惑《めいわく》になっちゃうのかな……」

心《こころ》の声《こえ》が、口《くち》からこぼれた。

もちろん、晴《はれ》くんの恋人《こいびと》になれるなんて思《おも》ってない。

晴《はれ》くんが私《わたし》を好《す》きになるなんて、ありえないから。私《わたし》じゃ、あまりにもつりあいがとれてない。

片想《かたおも》いだけならと思《おも》ったけど、私《わたし》の気持《きも》ちが晴《はれ》くんにバレた時点《じてん》で、私《わたし》たちの関係《かんけい》は変《か》わってしまうかもしれないんだ。

今《いま》までどおり、友達《ともだち》としてなんて……無理《むり》があるよね。

それに、私《わたし》と晴《はれ》くんは友達《ともだち》の前《まえ》に、専属《せんぞく》イラストレーターとグループのメンバー。

仕事相手《しごとあいて》でもあるのに、フラれて気《き》まずくなってしまったら……スカイライトの仕事《しごと》にも支障《ししょう》がでるかもしれなくて……。

さっき、とっさに好《す》きって口《くち》にしなくて、よかった……。

この気持《きも》ちは――絶対《ぜったい》に、バレちゃいけない。

晴《はれ》くんのことが好《す》きで、晴《はれ》くんが大切《たいせつ》なら……心《こころ》の中《なか》に留《とど》めておくべきだ。
なんだか……まだ告白《こくはく》もしてないのに、失恋《しつれん》した気分《きぶん》……あ、はは……。
と、とにかく、草《そう》さんの件《けん》も無事《ぶじ》に解決《かいけつ》したし、今日《きょう》は寝《ね》よう……！
そう思《おも》って、そっとベッドに横《よこ》になる。
目《め》をつむって思《おも》い浮《う》かぶのは、晴《はれ》くんの笑顔《えがお》だった。
今《いま》……晴《はれ》くんのこと、考《かんが》えたくないのに……。
これ以上《いじょう》想《おも》いがあふれないように、胸《むね》のあたりをぎゅっと押《お》さえる。
大好《だいす》きな晴《はれ》くんの迷惑《めいわく》になんて……絶対《ぜったい》になりたくない。
だから……この気持《きも》ちは、封印《ふういん》するんだ。
伝《つた》えても、晴《はれ》くんを困《こま》らせるだけ。
大丈夫《だいじょうぶ》……い、今《いま》までどおり、友達《ともだち》としてふるまえばいいだけだからっ……！
自分《じぶん》にそう言《い》い聞《き》かせて、私《わたし》はそっと眠《ねむ》りについた。

環境《かんきょう》の変化《へんか》

朝起《あさお》きて、すぐに漫画《まんが》の仕事《しごと》をする。

今日《きょう》は学園祭《がくえんさい》の代休《だいきゅう》で、学校《がっこう》はお休《やす》み。

だけど、クラスで打《う》ち上《あ》げをすることになっているから、夕方《ゆうがた》にお店《みせ》で集合《しゅうごう》だ。

打《う》ち上《あ》げの時間《じかん》までは、漫画《まんが》のお仕事《しごと》をがんばらなくちゃ……！

学園祭《がくえんさい》の準備《じゅんび》で手《て》いっぱいで、新連載《しんれんさい》のプロットも全然進《ぜんぜんすす》んでいないから、今日《きょう》から本格的《ほんかくてき》にがんばらないといけない。

あいかわらずいい案《あん》は全然《ぜんぜん》浮《う》かんでいないけど、だからって何《なに》もしないわけにはいかない。

大事《だいじ》な新連載《しんれんさい》……絶対《ぜったい》に成功《せいこう》させたい……。

書《か》いているうちに、いい案《あん》が浮《う》かぶかもしれないし……とにかく書《か》いてみよう……！

「……ダ、ダメだ……」

数時間《すうじかん》が経過《けいか》して、私《わたし》は頭《あたま》を抱《かか》えた。

ほんとに何《なに》も浮《う》かばない……。

こんなに書《か》けないのは、初《はじ》めてだな……。

恋愛《れんあい》ジャンルって、全然《ぜんぜん》わからない……。

「好《す》き」って気持《きも》ちは、知《し》ることができたのに……この片想《かたおも》いは、参考《さんこう》にできない。

私《わたし》の好《す》きは、伝《つた》えたらダメな好《す》きだから……。

もし私《わたし》が主人公《しゅじんこう》だったら、告白《こくはく》して、恋人同士《こいびとどうし》になって……きらきらした恋《こい》ができたのかな。

って、いくらなんでも、妄想《もうそう》がすぎるっ……。

私《わたし》と晴《はれ》くんが恋人《こいびと》なんて、ありえないのに……。

そんなことを思《おも》って、胸《むね》がちくりと痛《いた》んだ。


打《う》ち上《あ》げの時間《じかん》が迫《せま》ってきて、家《いえ》を出《で》る。

結局《けっきょく》、全然進《ぜんぜんすす》まなかったな……。そろそろ締《し》め切《き》りなのに……どうしよう……。

今《いま》まで締《し》め切《き》りを破《やぶ》ったことはなかったけど、だんだんと焦《あせ》りが生《う》まれてきた。

このまま何《なに》も浮《う》かばなかったら、新連載《しんれんさい》も……。

「空《そら》！」

お店《みせ》に近《ちか》づいた時《とき》、誰《だれ》かに呼《よ》ばれた気《き》がして顔《かお》を上《あ》げた。

あっ……は、晴《はれ》くん！　と、炎《えん》くん！

ふたりとも、笑顔《えがお》でこっちに駆《か》け寄《よ》ってきてくれる。

「ふたりとも、一緒《いっしょ》に来《き》たの？」

「ありえない。こいつの連絡先《れんらくさき》も知《し》らねーのに」

え、炎《えん》くん、即答《そくとう》……あはは……。

「今偶然会《いまぐうぜんあ》ったんだ」

いつもの優《やさ》しい笑顔《えがお》を浮《う》かべている晴《はれ》くんに、ドキッとした。

き、気持《きも》ちがバレないように、いつもどおりふるまわなきゃいけないのに……。

ドキドキして、晴《はれ》くんの顔《かお》が見《み》れない……。

「一緒《いっしょ》に行《い》かない？　って、もうお店《みせ》すぐそこだけど」

「う、うん！」

うなずくフリをして、視線《しせん》をそらした。

ふ、不自然《ふしぜん》に思《おも》われてないかな……でも、晴《はれ》くんを見《み》ていると、顔《かお》が赤《あか》くなってしまいそうで……。

人《ひと》を好《す》きになると、こんなふうになっちゃうんだ……。

初《はじ》めての感情《かんじょう》に、どうしていいかわからなかった。

できるだけ平常心《へいじょうしん》を保《たも》ちながら、晴《はれ》くんと炎《えん》くんとお店《みせ》に入《はい》る。

すでにほとんどのクラスメイトたちが来《き》ていて、その中《なか》には海《うみ》ちゃんの姿《すがた》もあった。

「空《そら》～！　って、なんであんたらが一緒《いっしょ》に……」

「外《そと》で会《あ》ったんだ。そんなにらまないでよ」

海《うみ》ちゃんは晴《はれ》くんと炎《えん》くんをにらんで、不満《ふまん》そうにしている。

「全員《ぜんいん》そろったか？　みんな適当《てきとう》に席《せき》につけ～！」

私《わたし》たちで最後《さいご》だったのか、先生《せんせい》が声《こえ》をかけた。

えっと……ど、どこに座《すわ》ろうかな……。

「ひ、日和《ひより》さん、隣《となり》行《い》ってもいい？」

え……？

近《ちか》くにいた男《おとこ》の子《こ》に声《こえ》をかけられて、びっくりした。

今《いま》まで、クラスの男《おとこ》の子《こ》に声《こえ》をかけられることなんてなかったから。

「俺《おれ》も……！」

「実《じつ》は俺《おれ》も、前《まえ》から日和《ひより》さんと話《はな》してみたくて……」

一斉《いっせい》に周《まわ》りに集《あつ》まってきた男《おとこ》の子《こ》たちに、驚《おどろ》いて固《かた》まってしまう。

わ、私《わたし》と……？

前《まえ》から話《はな》してみたくてって……そう言《い》ってもらえるのはうれしいけど……そんなふうには見《み》えなかったような……。

てっきり、私《わたし》は男《おとこ》の子《こ》たちから嫌《きら》われていると思《おも》っていた……。

「ちょっと男子《だんし》！　邪魔《じゃま》！　空《そら》の隣《となり》はあたしの場所《ばしょ》なの！」

男《おとこ》の子《こ》たちになんて返事《へんじ》をしていいかわからず困惑《こんわく》していると、海《うみ》ちゃんがどしっと私《わたし》の隣《となり》に座《すわ》ってくれた。

もう片方《かたほう》の隣《となり》の席《せき》には、晴《はれ》くんがすっと座《すわ》る。

ち、近《ちか》いっ……。

肩《かた》がふれそうな距離《きょり》に、ドキドキしてしまう。

い、今《いま》までは、手《て》をつないでも平気《へいき》だったのに……。

あれ……でも、晴《はれ》くんと手《て》をつなぐ時《とき》は、いつもドキドキしてた気《き》がする……。

もしかしたら私《わたし》は……自覚《じかく》するのが遅《おそ》かっただけで、もっと前《まえ》から晴《はれ》くんが好《す》きだったのかもしれない。

だけど、自覚《じかく》する前《まえ》としたあととじゃ、心臓《しんぞう》への負担《ふたん》がちがいすぎるっ……。

ただでさえ、気持《きも》ちがバレないようにしなきゃいけないのに……こんな状態《じょうたい》で、やっていけるのかな……。

いつか、うっかりバレてしまいそうで心配《しんぱい》だ……。

「おい、隣《となり》は俺《おれ》だ！」

「怒谷《いたに》は前《まえ》の席《せき》でいいでしょ」

「ちっ……お前《まえ》ら覚《おぼ》えとけよ……」

えっと……。

みんなが私《わたし》を囲《かこ》むように座《すわ》ってくれたとたん、男《おとこ》の子《こ》たちが口《くち》を開《ひら》いた。

「おい、せめてじゃんけんだろ！」

「そうだそうだ！」

「うるさいわね！　メガネ外《はず》したからってこんな露骨《ろこつ》に態度《たいど》を変《か》えるようなやつは、空《そら》に近《ちか》づくんじゃないわよ！」

メガネ……？

まるで図星《ずぼし》をつかれたように、「うっ……」となった男《おとこ》の子《こ》たちは、悔《くや》しそうに歯《は》を食《く》いしばって別《べつ》の席《せき》に座《すわ》った。

「まったく……わかってはいたけど、想像以上《そうぞういじょう》にうっとうしいことになったわね……」

「かわいすぎるから、当然《とうぜん》だろ」

「まあ、しかたないけど……面白《おもしろ》くはないね」

海《うみ》ちゃんと炎《えん》くんと晴《はれ》くんが、こそこそ何《なに》か話《はな》している。

三人《さんにん》って、いつもバチバチしてるけど、たまに意気投合《いきとうごう》してる気《き》がする……。

ケンカするほど仲《なか》がいいってことかな？

三人《さんにん》とも私《わたし》にとっては大切《たいせつ》な友達《ともだち》だから、三人《さんにん》が仲良《なかよ》しだと私《わたし》もうれしい。

「空《そら》、なんでにこにこしてるの？　まったくかわいいわね……」

え？　か、かわいくはないと思《おも》うけどっ……。

「ドリンク何頼《なにたの》む？」

タッチパネルを持《も》った海《うみ》ちゃんにそう聞《き》かれて、画面《がめん》を見《み》た。

「あ……えっと……オレンジジュースがいい」

「オレンジジュースね。了解《りょうかい》。かわいいわね」

う、海《うみ》ちゃん、どうしちゃったの……？

「波間《なみま》、俺《おれ》コーラお願《ねが》い」

「自分《じぶん》で頼《たの》みなさいよ」

「タッチパネルそっちにあるから……」

拒否《きょひ》されて、苦笑《にがわら》いしている晴《はれ》くん。

や、やっぱり、仲良《なかよ》くなるにはもう少《すこ》し時間《じかん》がかかりそうかな……？　あはは……。

次々《つぎつぎ》と届《とど》くお肉《にく》を、おいしそうに食《た》べているクラスメイトたち。

「おいしい〜！」

「日和《ひより》さんと晴《はれ》くんのおかげだよ〜！」

私《わたし》もこんなにおいしいお肉《にく》が食《た》べられて、幸《しあわ》せだ。晴《はれ》くんに感謝《かんしゃ》しなきゃ……。

食《た》べ放題《ほうだい》とは思《おも》えないくらいすごくおいしいから、もっとたくさん食《た》べたいけど、今日《きょう》はなんだか胸《むね》がいっぱいだった。

晴《はれ》くんが隣《となり》にいるからか、緊張《きんちょう》してお箸《はし》が進《すす》まない。

「クラスの売《う》り上《あ》げ成績《せいせき》もよかったんでしょう？」

晴《はれ》くんの言葉《ことば》に、海《うみ》ちゃんがふふんと鼻《はな》を高《たか》くした。

「そりゃあ、あたしの演技《えんぎ》が迫真《はくしん》だったからね」

たしか、おばけ屋敷《やしき》をしてたはずだけど……海《うみ》ちゃんもおばけ役《やく》だったのかな？

「うん、波間《なみま》の貞子《さだこ》がめちゃくちゃ怖《こわ》いって評判《ひょうばん》聞《き》いた」

さ、貞子《さだこ》っ……こ、怖《こわ》かっただろうなっ……。

私《わたし》はおばけが苦手《にがて》だから、想像《そうぞう》するだけでぞっとした。

「あ、あのぉ……」

少《すこ》し離《はな》れた席《せき》に座《すわ》っている男《おとこ》の子《こ》が、恐《おそ》る恐《おそ》る話《はな》しかけてきた。

私《わたし》と晴《はれ》くんを交互《こうご》に見《み》て、口《くち》を開《ひら》いたその人《ひと》。

「日和《ひより》さんと晴《はれ》って、付《つ》き合《あ》ってるの？」

「えっ……」

突然《とつぜん》の質問《しつもん》に、びっくりして目《め》を見開《みひら》く。

ど、どうしてそんな誤解《ごかい》が生《う》まれたんだろうっ……。

男《おとこ》の子《こ》の質問《しつもん》が聞《き》こえていたのか、周《まわ》りにいたほかの人《ひと》までこっちを見《み》ていた。

「ミスコンもすごいお似合《にあ》いだったし……日和《ひより》さんって前《まえ》から晴《はれ》とだけは話《はな》してたし、晴《はれ》も女子《じょし》と仲良《なかよ》くしないのに、日和《ひより》さんとは仲良《なかよ》かったし……」

「あのプロポーズの演技《えんぎ》も、演技《えんぎ》に見《み》えなかったもんね……！」

ど、どうしよう、ますます誤解《ごかい》が広《ひろ》まっていく……。

私《わたし》と晴《はれ》くんが付《つ》き合《あ》う可能性《かのうせい》なんて、ゼロなのに……。

「つ、付《つ》き合《あ》ってないです……！」

晴《はれ》くんの名誉《めいよ》のため、あわてて否定《ひてい》した。

「は、晴《はれ》くんと私《わたし》は、友達《ともだち》なので……」

私《わたし》と付《つ》き合《あ》ってるって思《おも》われるのは、晴《はれ》くんも嫌《いや》だと思《おも》う。

……う、ううん、晴《はれ》くんはそんなこと思《おも》う人《ひと》じゃないってわかってるけど、私《わたし》ががまんできない。

ただの……私《わたし》の片想《かたおも》いだから。

「うん、付《つ》き合《あ》ってないよ」

晴《はれ》くんも、否定《ひてい》するようにそう言《い》った。

ズキンと、胸《むね》が強《つよ》く痛《いた》んだ。

じ、自分《じぶん》から否定《ひてい》したくせに……晴《はれ》くんが否定《ひてい》したことに、なんで傷《きず》ついてるんだろう っ……。

私《わたし》たちの返事《へんじ》を聞《き》いて、驚《おどろ》いている人《ひと》もいれば、なぜか安心《あんしん》している人《ひと》もいた。

「よかった～」

ほっとしている男《おとこ》の子《こ》たちに、頭《あたま》の上《うえ》にはてなマークが浮《う》かぶ。

「ちょっと、何喜《なによろこ》んでんのよ」

「お前《まえ》らに希望《きぼう》なんか一《いち》ミリもないからな」

海《うみ》ちゃんと炎《えん》くんが、ぎろりと彼《かれ》らをにらんだ。

「かんちがいして空《そら》に近《ちか》づくんじゃないわよ」

「つーか見《み》んな、視界《しかい》に入《い》れるな」

ふたりににらまれた男《おとこ》の子《こ》たちの顔《かお》は、みるみるうちに青《あお》ざめていく。

「はいはい、みんな肉焼《にくや》けたよ」

晴《はれ》くんが空気《くうき》を和《なご》ませるようにそう言《い》って、みんなのお皿《さら》にお肉《にく》を入《い》れてあげている。

「空《そら》も、はいどうぞ」

「あ、ありがとうっ……」

晴《はれ》くんって、優《やさ》しい上《うえ》に、気《き》づかいまでできて……ほんとによくできた人《ひと》だなっ……。

晴《はれ》くんの恋人《こいびと》になる人《ひと》は、幸《しあわ》せだろうな……。

ズキリと、また胸《むね》が痛《いた》んだ。

勝手《かって》に思《おも》って、勝手《かって》に傷《きず》つくなんて……私《わたし》って、めんどくさいなっ……。

せ、せっかくの打《う》ち上《あ》げなんだから、暗《くら》い気持《きも》ちになってないで、楽《たの》しもうっ……！

ふたりきり

そのあとも、焼肉《やきにく》を食《た》べながら学園祭《がくえんさい》の思《おも》い出話《でばなし》に花《はな》を咲《さ》かせた。

準備期間《じゅんびきかん》は忙《いそが》しかったから、久《ひさ》しぶりにみんなとゆっくり話《はな》せて、すごく楽《たの》しい時間《じかん》だった。

「私《わたし》、そろそろ帰《かえ》ろうかな……」

食《た》べ放題《ほうだい》の制限時間《せいげんじかん》はまだあと三十分残《さんじっぷんのこ》っているみたいだけど、帰《かえ》ってもう少《すこ》しだけしたい仕事《しごと》があった。

それに、あんまり遅《おそ》いとお母《かあ》さんが心配《しんぱい》してしまう。

「俺《おれ》が送《おく》っていくよ」

えっ……！

晴《はれ》くんの提案《ていあん》に、目《め》を丸《まる》くする。

「は？　俺《おれ》が送《おく》っていくに決《き》まってるだろ」

「あたしよ！」

炎《えん》くんと海《うみ》ちゃんまで……き、気持《きも》ちはうれしいけど、そんな小《ちい》さい子供《こども》じゃないし、私《わたし》は大丈夫《だいじょうぶ》だ。

「ひとりで帰《かえ》れるよ……！」

「ダメだ、心配《しんぱい》だから」

「そうだよ。夜道《よみち》は危《あぶ》ないからね」

「心配《しんぱい》でひとりでなんて歩《ある》かせられないよ」

そ、そんなに危《あぶ》なっかしく見《み》えるかな……？

――プルル、プルル。

どうしていいかわからずおろおろした時《とき》、誰《だれ》かのスマホの着信音《ちゃくしんおん》が鳴《な》った。

「あ？　電話《でんわ》……？　って、鋼《こう》かよ……もしもし」

着信音《ちゃくしんおん》は炎《えん》くんのスマホからだったらしく、画面《がめん》を確認《かくにん》した炎《えん》くんが、うっとうしそうに電話《でんわ》に出《で》た。

少《すこ》しだけ音《おと》がもれていて、鋼《こう》さんの声《こえ》が聞《き》こえる。

草《そう》さんの声《こえ》も……ふたりは今日《きょう》も一緒《いっしょ》にいるのかな？

草《そう》さんと鋼《こう》さんって、すごく仲《なか》がいいんだな……。

「今《いま》から？　いや……今《いま》すぐ来《こ》いって言《い》われても……」

鋼《こう》さんと話《はな》しながら、めんどくさそうに舌打《したう》ちした炎《えん》くん。

「……ちっ、わかったよ、行《い》けばいいんだろ」

スマホをポケットに戻《もど》して、炎《えん》くんはため息《いき》をついた。

「ごめん空《そら》……仕事《しごと》で呼《よ》び出《だ》されて、行《い》かないといけなくなった……」

「そ、そんな、全然気《ぜんぜんき》にしないで……！　お仕事《しごと》がんばってね！」

私《わたし》はほんとにひとりで帰《かえ》れるから、気《き》にしないでほしい……！

それよりも、こんな時間《じかん》から集《あつ》まるなんて、炎《えん》くんも忙《いそが》しいんだろうな……。

「ちっ……お前《まえ》、よけいなことするなよ」

なぜか晴《はれ》くんをにらみつけた炎《えん》くん。

「何《なに》もしないよ……」

晴《はれ》くんは何《なに》を言《い》ってるんだと言《い》わんばかりに、ため息《いき》をついている。

「それじゃあ、また学校《がっこう》で」

炎《えん》くんは笑顔《えがお》を残《のこ》して、急《いそ》いでお店《みせ》を出《で》ていった。

「ふっ、邪魔《じゃま》ものがひとり減《へ》ったし、帰《かえ》りましょ！」

「海《うみ》ちゃん、私《わたし》ひとりで帰《かえ》……」

――プルル、プルル。

あれ？　また電話《でんわ》？

「誰《だれ》よ……って、お母《かあ》さん……」

どうやら海《うみ》ちゃんのスマホだったみたいで、すぐに電話《でんわ》に出《で》た海《うみ》ちゃん。

「もしもし？　え？　今《いま》から？　もう店《みせ》の前《まえ》にいるって……ほんとに？　ちょっとだけ待《ま》って……！　二十分《にじっぷん》くらい！　いや、無理《むり》って言《い》われても……」

焦《あせ》っている海《うみ》ちゃんの表情《ひょうじょう》が、みるみる暗《くら》くなっていった。

「……わかった。すぐに出《で》る」

えっと……。

「お母《かあ》さんが、今《いま》からおばあちゃん家《ち》に行《い》くって……もうお店《みせ》の前《まえ》に車《くるま》停《と》めてるらしくて……」

海《うみ》ちゃんも用事《ようじ》が入《はい》ったみたいで、残念《ざんねん》そうに私《わたし》を見《み》ていた。

「楽《たの》しんできてね……！」

おばあちゃんとの時間《じかん》は大切《たいせつ》だっ……。

「ちっ……あんた、よけいなことするんじゃないわよ」

さっきの炎《えん》くんみたいに、なぜか海《うみ》ちゃんも晴《はれ》くんをにらみつけていた。

「しないってば……ふたりそろって俺《おれ》のことなんだと思《おも》ってるの……」

晴《はれ》くんはもう一度《いちど》、盛大《せいだい》にため息《いき》をついた。


三人《さんにん》でお店《みせ》を出《で》て、お店《みせ》の前《まえ》で海《うみ》ちゃんに手《て》を振《ふ》った。

「またね、海《うみ》ちゃん！」

「うん……また学校《がっこう》で……気《き》をつけて帰《かえ》ってね……」

う、海《うみ》ちゃん、すごく残念《ざんねん》そうっ……。

「俺《おれ》がいるから安心《あんしん》して。バイバイ波間《なみま》」

「ほんと嫌《いや》な男《おとこ》……」

晴《はれ》くんをぎろりとにらんでから、お母《かあ》さんが待《ま》っている場所《ばしょ》へ走《はし》っていった海《うみ》ちゃん。

……晴《はれ》くんと、ふたりになってしまった……。

「空《そら》、帰《かえ》ろっか？」

緊張《きんちょう》して、晴《はれ》くんの顔《かお》が見《み》れない……。

というか、本気《ほんき》で送《おく》ってくれるつもりなのかな……？

「あの、ひとりで帰《かえ》れるから、送《おく》ってくれなくても大丈夫《だいじょうぶ》だよっ……！」

遠回《とおまわ》りになってしまうし、晴《はれ》くんに申《もう》し訳《わけ》ない……。

そ、それに、今晴《いまはれ》くんとふたりきりは……ちょっと、気《き》まずいかも、しれない……。

ただでさえ……隣《となり》にいるだけでドキドキしてしまって、いつもどおりにふるまえないのに……。

「暗《くら》いし心配《しんぱい》だから、送《おく》らせてほしい。ダメ？」

私《わたし》の顔《かお》をのぞきこんで、そう言《い》ってきた晴《はれ》くん。

そんなふうに聞《き》かれたら、断《ことわ》れないっ……。

目《め》があった瞬間《しゅんかん》、体温《たいおん》が上《あ》がった気《き》がした。

心拍数《しんぱくすう》が上昇《じょうしょう》して、鼓動《こどう》が晴《はれ》くんに聞《き》こえないか心配《しんぱい》になるくらいだった。

「お、お願《ねが》いします」

うなずいてしまった自分《じぶん》の意識《いしき》の弱《よわ》さに、心《こころ》の中《なか》でため息《いき》をついた。

「やった。ありがとう」

やった、って……。

かわいい言《い》い方《かた》と無邪気《むじゃき》な笑顔《えがお》に、きゅんとしてしまう。

ダメだ……どんどん好《す》きになってしまう……。

どうやったら、この気持《きも》ちを止《と》められるんだろう……。

し、静《しず》まれ、私《わたし》の心臓《しんぞう》……！

小《ちい》さく深呼吸《しんこきゅう》をしながら、晴《はれ》くんと家《いえ》までの道《みち》を歩《ある》く。

「空《そら》、あんまり食《た》べてなかったけど……お腹《なか》いっぱいになった？」

ば、バレてたんだ……。

晴《はれ》くんが隣《となり》にいたからなんて、言《い》えない……。

「う、うん」

「ならよかった。俺《おれ》もうお腹《なか》パンパン。調子乗《ちょうしの》って食《た》べすぎた」

たしかに、晴《はれ》くんは延々《えんえん》と食《た》べていた気《き》がする。

炎《えん》くんもたくさん食《た》べていて、男《おとこ》の子《こ》の胃袋《いぶくろ》ってすごいなと感心《かんしん》した。

そういえば、ふたりともよく食《た》べるけど、モデルさん並《な》みにスタイルがいいな……うらやましいっ……。

「学園祭《がくえんさい》、無事《ぶじ》に終《お》わってよかったね」

「うん」

「でも……練習楽《れんしゅうたの》しかったから、ちょっとさみしいな」

練習《れんしゅう》って、ミスコンの……？

「晴《はれ》くん、演技上手《えんぎじょうず》だったもんね」

「演技《えんぎ》が楽《たの》しかったわけじゃないよ。空《そら》と練習《れんしゅう》できるのが楽《たの》しかったんだ」

え……？

驚《おどろ》いて晴《はれ》くんを見《み》ると、照《て》れくさそうな笑顔《えがお》が視界《しかい》に映《うつ》った。

「あの時《とき》だけは、空《そら》のこと独占《どくせん》できたから」

それは……いったいどういう意味《いみ》だろう……？

「……って、ヘンなこと言《い》って、ごめん」

意味《いみ》がわからなくて首《くび》をかしげた私《わたし》を見《み》て、晴《はれ》くんが恥《は》ずかしそうに頭《あたま》をかいていた。

「あの、さ……」

ためらうように口《くち》を開《ひら》いた晴《はれ》くんが、私《わたし》をじっと見《み》つめてくる。

きれいな瞳《ひとみ》に見《み》つめられて、ドキッとしてしまった。

「昨日《きのう》さ……空《そら》、何《なに》か言《い》いかけてたよね？」

「え？　昨日《きのう》……？」

「ミスコン終《お》わったあと……雪《ゆき》たちが来《く》る前《まえ》」

晴《はれ》くんの質問《しつもん》に、心当《こころあ》たりがありすぎた。

それって、もしかして……。

『私《わたし》、晴《はれ》くんのことが……』

とっさに飲《の》みこんだ、あの告白《こくはく》のこと……？

「あの時《とき》、何《なに》を言《い》おうとしてたの？」

真剣《しんけん》な表情《ひょうじょう》で、私《わたし》を見《み》つめてくる晴《はれ》くん。

い、言《い》えるわけない……。

うっかり告白《こくはく》しようとしてましたなんて……。

「な、なんだったかな……忘《わす》れちゃったっ……！」

笑顔《えがお》を作《つく》って、すぐにごまかした。

この気持《きも》ちは、隠《かく》し通《とお》すって決《き》めたんだ。

晴《はれ》くんにバレないように……そっと恋心《こいごころ》を忘《わす》れたい。

今《いま》までどおり、晴《はれ》くんとはいい友達《ともだち》でいたいから。

「たぶんたいしたことじゃなかったから、気《き》にしないで……！」

そう伝《つた》えると、晴《はれ》くんは一瞬《いっしゅん》、落胆《らくたん》したように見《み》えた。

「そ、そっか」

よかった、ごまかせた……。

ほっとしたのと同時《どうじ》に、晴《はれ》くんにウソをついたという事実《じじつ》に、胸《むね》がずきりと痛《いた》んだ。

自分勝手《じぶんかって》【side晴《はれ》】

「私《わたし》……晴《はれ》くんの隣《となり》を歩《ある》けてよかった」

空《そら》の言葉《ことば》が、本当《ほんとう》にうれしかった。

「俺《おれ》も、空《そら》と歩《ある》けてよかった」

心《こころ》の底《そこ》から思《おも》った言葉《ことば》を伝《つた》えると、空《そら》が何《なに》かをかみしめるように下唇《したくちびる》をかんだ。

空《そら》……？

どうして、そんな表情《ひょうじょう》……。

あの時《とき》、まるで世界《せかい》にふたりきりになったような、錯覚《さっかく》におちいったんだ。

「私《わたし》、晴《はれ》くんのことが――」

「いた！」

その先《さき》が聞《き》けないまま、俺《おれ》はずっと……続《つづ》きの言葉《ことば》が気《き》になっていた。

本当《ほんとう》は、昨日学園祭《きのうがくえんさい》の日《ひ》の夜《よる》に電話《でんわ》して聞《き》きたかったけど……疲《つか》れて寝《ね》ているかもしれないし、電話《でんわ》はできなかった。

ずっと気《き》になってしかたなくて、昨日《きのう》はよく眠《ねむ》れなかった。

打《う》ち上《あ》げで焼肉屋《やきにくや》に来《き》て、無事《ぶじ》に空《そら》の隣《となり》をゲットする。

昨日《きのう》から……というか、空《そら》がメガネを外《はず》してから、男子《だんし》たちの目《め》が変《か》わった。

みんな空《そら》に釘付《くぎづ》けだし、すきあらば声《こえ》をかけようとしている。

さっきも空《そら》の周《まわ》りの席争奪戦《せきそうだつせん》みたいになってたし……ほんと、心配《しんぱい》で気《き》が気《き》じゃない……。

空《そら》のことなんて無関心《むかんしん》だったくせに、素顔《すがお》を知《し》った瞬間態度《しゅんかんたいど》を変《か》えるクラスのやつらに嫌気《いやけ》がさした。

空《そら》の内面《ないめん》も知《し》らないやつが、空《そら》に近《ちか》づかないでほしい。

ていうか……もう正直《しょうじき》、誰《だれ》も空《そら》に近《ちか》づかないで。

空《そら》の隣《となり》は、俺《おれ》だけがいい。

はぁ……やっぱり、日《ひ》に日《ひ》に独占欲《どくせんよく》がましてる……。

自分《じぶん》でも嫌《いや》になって、ウーロン茶《ちゃ》をぐいっと飲《の》んだ時《とき》、クラスの男子《だんし》が声《こえ》をかけてきた。

「日和《ひより》さんと晴《はれ》って、付《つ》き合《あ》ってるの？」

「えっ……」

あからさまに戸惑《とまど》っている空《そら》。

俺《おれ》も、少《すこ》し動揺《どうよう》してしまった。

「ミスコンもすごいお似合《にあ》いだったし……日和《ひより》さんって前《まえ》から晴《はれ》とだけは話《はな》してたし、晴《はれ》も女子《じょし》と仲良《なかよ》くしないのに、日和《ひより》さんとは仲良《なかよ》かったし……」

「あのプロポーズの演技《えんぎ》も、演技《えんぎ》に見《み》えなかったもんね……！」

……見《み》えなくて当然《とうぜん》だ。

俺《おれ》の告白《こくはく》は……本心《ほんしん》だったんだから。

俺《おれ》たちの答《こた》えを、じっと待《ま》っているクラスメイトたち。

ひやかしというよりは、素直《すなお》に気《き》になっているみたいだ。

男子《だんし》はとくに、空《そら》に彼氏《かれし》がいないなら、自分《じぶん》が立候補《りっこうほ》しようとでも思《おも》ってるんだろう。

下心《したごころ》が見《み》え透《す》いていて、あきれてしまう。

なんて答《こた》えよう……。

いっそ付《つ》き合《あ》ってるってことにすれば、空《そら》に近《ちか》づくやつもいなくなるんじゃ……。

「つ、付《つ》き合《あ》ってないです……！」

俺《おれ》が答《こた》える前《まえ》に、空《そら》が全力《ぜんりょく》で否定《ひてい》した。

「は、晴《はれ》くんと私《わたし》は、友達《ともだち》なので……」

空《そら》が否定《ひてい》したことに、想像以上《そうぞういじょう》にショックを受《う》けている自分《じぶん》がいた。

そうだよね……。

空《そら》は真実《しんじつ》を言《い》ってるだけなんだから、何《なに》もまちがってないのに……。

もしかして、俺《おれ》と付《つ》き合《あ》ってるって思《おも》われるの、嫌《いや》だったかな……？

……い、いや、もしかしてじゃなくて、普通《ふつう》に嫌《いや》だよね……。

「うん、付《つ》き合《あ》ってないよ」

本当《ほんとう》は否定《ひてい》したくないけど、空《そら》のために俺《おれ》もちゃんと言《い》っておこう。

クラスの男子《だんし》たちがあからさまにほっとしているのを見《み》て、正直《しょうじき》ムカついた。

今《いま》は付《つ》き合《あ》ってないけど……〝今《いま》は〟だから。

いつか、空《そら》の恋人《こいびと》に……。

って、俺《おれ》はいつも、そればっかだな……いつかいつかって……本当《ほんとう》に、そんな日《ひ》が来《く》るのかな……。

こんなにかわいくて、優《やさ》しくて、素敵《すてき》なところしかない女《おんな》の子《こ》。

素顔《すがお》も知《し》れ渡《わた》って、きっとこれからもっとたくさんのやつが空《そら》を好《す》きになる。

ダクエレのメンバーだって……空《そら》のことが気《き》になってるみたいだったし……。

空《そら》への気持《きも》ちは誰《だれ》にも負《ま》けないって、それだけは自信《じしん》を持《も》って言《い》える。

でも、空《そら》に選《えら》んでもらえる自信《じしん》は……。

胸《むね》を張《は》って、あるとは言《い》えなかった。


打《う》ち上《あ》げが終《お》わって、空《そら》とふたりで帰《かえ》る。

怒谷《いたに》と波間《なみま》に用事《ようじ》ができたから、ふたりきりになれた。

昨日《きのう》のこと……聞《き》くなら、今《いま》しかない。

「昨日《きのう》さ……空《そら》、何《なに》か言《い》いかけてたよね？」

「え？　昨日《きのう》……？」

「ミスコン終《お》わったあと……雪《ゆき》たちが来《く》る前《まえ》」

そう伝《つた》えると、空《そら》は心当《こころあ》たりがあったのか、ハッとした表情《ひょうじょう》になった。

「あの時《とき》、何《なに》を言《い》おうとしてたの？」

『私《わたし》、晴《はれ》くんのことが――』

あの先《さき》に続《つづ》く言葉《ことば》を……知《し》りたい。

「な、なんだったかな……忘《わす》れちゃったっ……！　たぶんたいしたことじゃなかったから、気《き》にしないで……！」

「そ、そっか」

そうだよね……。

一瞬《いっしゅん》……期待《きたい》してしまった。

もしかして、告白《こくはく》かも……とか……かんちがいして、恥《は》ずかしい……。

空《そら》が俺《おれ》のことを好《す》きなはずがないし、そんな素振《そぶ》りだって見《み》せたことがないのに、どうしてかんちがいしたんだろう……痛《いた》いやつだ、俺《おれ》……。

きっと、空《そら》のことが好《す》きすぎて、ありもしない願望《がんぼう》を思《おも》い描《えが》いてしまったんだ。

きっと空《そら》にとって俺《おれ》は……いいとこ、いちばん仲《なか》がいい男友達《おとこともだち》だろう。

ううん……今《いま》はもう、いちばんじゃないかもしれない。

最初《さいしょ》はスカイライトのみんなとも距離《きょり》があったけど、最近《さいきん》は心《こころ》を許《ゆる》しているみたいだし、怒谷《いたに》やダクエレのメンバーとも仲《なか》がいい。

男子恐怖症《だんしきょうふしょう》が少《すこ》しずつ克服《こくふく》できている証拠《しょうこ》だし、空《そら》にとってはいいことだから、喜《よろこ》ぶべきなのに……。

自分《じぶん》の知《し》らないところでほかの人《ひと》と仲良《なかよ》くしていると思《おも》うと、どうしても焦《あせ》ってしまう。

最近《さいきん》はとくに、空《そら》をとられてしまうかもしれないという焦《あせ》りがあった。

それに、俺《おれ》に対《たい》してどこかよそよそしくなった気《き》も……気《き》のせいかな……。

空《そら》の家《いえ》に着《つ》いて、足《あし》を止《と》める。

「送《おく》ってくれてありがとう……！　それじゃあ、また明日学校《あしたがっこう》で」

「うん、おやすみ」

笑顔《えがお》で手《て》を振《ふ》ってくれた空《そら》に、心臓《しんぞう》はバカみたいに跳《は》ねていた。

やっぱりまだ、空《そら》の素顔《すがお》に慣《な》れない……。

かわいすぎて直視《ちょくし》できない……。

これじゃあ、空《そら》の見《み》た目《め》に寄《よ》ってきたやつらのこと言《い》えないな……。

ミスコンのステージでの、空《そら》の笑顔《えがお》を思《おも》い出《だ》した。

『だから……俺《おれ》と、結婚《けっこん》してください』

『はいっ……』

本当《ほんとう》に、心臓《しんぞう》が止《と》まるかと思《おも》った。

そのくらい、破壊力《はかいりょく》のある笑顔《えがお》だった。

きっと、最初《さいしょ》好《す》きになった時《とき》とは比《くら》べ物《もの》にならないくらい、空《そら》のことを好《す》きになってる。

だからこそ……やっぱり、焦《あせ》る。

あの笑顔《えがお》は……俺《おれ》だけに向《む》けていてほしいなんて、自分勝手《じぶんかって》すぎる独占欲《どくせんよく》だ。

メガネ卒業《そつぎょう》

休《やす》みが明《あ》けて、元気《げんき》に学校《がっこう》に向《む》かう。

今日《きょう》はみんなに、完成《かんせい》した〝歌《うた》ってみた動画《どうが》〟のイラストを見《み》てもらいたかったから、朝《あさ》から生徒会《せいとかい》に行《い》く。

まだＨＲ《ホームルーム》が始《はじ》まるまで時間《じかん》があるから生徒《せいと》はほとんどいないけど、すれちがう人《ひと》の視《し》線《せん》を感《かん》じる。

「ねえ、あの子《こ》……」

「めちゃくちゃかわいい……！」

「ミスコンに出《で》てた子《こ》じゃない……？」

なんだろう……じ、じろじろ見《み》られているような……。

視線《しせん》に耐《た》えきれず、早足《はやあし》で生徒会室《せいとかいしつ》に向《む》かった。

「みんな、おはよう」

扉《とびら》を開《あ》けて中《なか》に入《はい》ると、五人《ごにん》の姿《すがた》が。

全員《ぜんいん》そろってる……今日《きょう》は生徒会《せいとかい》の仕事《しごと》はないはずなのに、みんな朝《あさ》から集《あつ》まってえらいなっ……。

スカイライトの活動《かつどう》のお仕事《しごと》をしているのか、それぞれパソコンに向《む》き合《あ》っていた。

「おはよ……って、あ……」

こっちを向《む》いた雪《ゆき》くんが、私《わたし》を見《み》て顔《かお》を真《ま》っ赤《か》にした。

「お！　空《そら》……って、忘《わす》れてた……」

「空《そら》ちゃんおはよ～！　あはは、朝《あさ》からまぶしい……」

「おはよう空《そら》……今日《きょう》もかわいいな」

「雲《くも》、最後《さいご》のはよけいだから。えっと……お、おはよう、空《そら》」

こっちを見《み》て、次々《つぎつぎ》と顔《かお》を赤《あか》くしているみんな。

どうしたんだろう……もしかして、風邪《かぜ》……？

学園祭《がくえんさい》もあったし、みんな疲労《ひろう》がたまっていたのかもしれない……。

そう思《おも》って心配《しんぱい》になった時《とき》、雷《らい》くんが気《き》まずそうに口《くち》を開《ひら》いた。

「なあ、空《そら》……お前《まえ》、もうメガネしないのか……？」

え……？　メガネ？

「うん……もう、メガネは卒業《そつぎょう》しようかなと思《おも》って……」

せっかく外《はず》すことができたんだし、私《わたし》はもともと視力《しりょく》はいいほうだからメガネは必要《ひつよう》ない。

もう、顔《かお》を隠《かく》すために、メガネに頼《たよ》って生《い》きるのはやめたいんだ……。

お母《かあ》さんに、心配《しんぱい》をかけないためにも。

「そ、そうか……」

なぜか複雑《ふくざつ》そうに、視線《しせん》を下《さ》げた雷《らい》くん。

よく見《み》ると、ほかのみんなも何《なに》か言《い》いたげな表情《ひょうじょう》をしていた。

ど、どうしたんだろう……？　もしかして……。

「め、メガネ、かけたほうがいいかな……？　やっぱり私《わたし》の顔《かお》、ヘン……？」

み、見《み》たくないってことかもしれないっ……。

「ち、ちげー！　そうじゃない！」

「そうだよ空《そら》ちゃん、そんなわけないよ」

「うん！　空《そら》ちゃんがヘンなわけないよ～！」

「ああ。空《そら》は世界一《せかいいち》かわいいぞ」

雲《くも》くんの言葉《ことば》に、ぼぼっと頬《ほお》が赤《あか》くなった。

そうだ……私《わたし》、雲《くも》くんからの告白《こくはく》を保留《ほりゅう》にしてたのに、晴《はれ》くんのことを好《す》きになってしまった……。

雲《くも》くんに言《い》わないのは、不誠実《ふせいじつ》な気《き》がする……。

だけど……晴《はれ》くんのことを好《す》きってことは、雲《くも》くんには言《い》えない……。

晴《はれ》くんへの気持《きも》ちは、封印《ふういん》するって決《き》めたんだ。だから、晴《はれ》くんと親《した》しい雲《くも》くんにも、バレたらいけない。

晴《はれ》くんと雲《くも》くんは同《おな》じグループだし、知《し》ってしまったら、秘密《ひみつ》を共有《きょうゆう》してしまうことになるから……。

すごく複雑《ふくざつ》な気持《きも》ちになって、雲《くも》くんへの罪悪感《ざいあくかん》があふれた。

ごめんね雲《くも》くん……でも、雲《くも》くんにとっても晴《はれ》くんは大事《だいじ》な人《ひと》だし、隠《かく》しごとをさせるのは嫌《いや》だ。

ちゃんと、隠《かく》しとおそう……。

「雲《くも》！　さらっと手握《てにぎ》らない！」

晴《はれ》くんによって、雲《くも》くんの手《て》が振《ふ》り払《はら》われた。

「ああ、すまない……。その、俺《おれ》たちは、心配《しんぱい》してるだけなんだ。空《そら》がかわいすぎて……ほかのやつらに言《い》い寄《よ》られたりしたらって」

かわいすぎて、ほかの人《ひと》に……？

「ふふっ、ありえないよ」

私《わたし》は今《いま》まで一度《いちど》も注目《ちゅうもく》されたことがないし、スカイライトのみんなと知《し》り合《あ》う前《まえ》は、男《おとこ》の子《こ》の友達《ともだち》もいなかったんだ。

「……これだから心配《しんぱい》なんだよな……」

「うん……ありえないレベルの無自覚《むじかく》さだよ……」

「空《そら》ちゃんって、鏡《かがみ》見《み》てるのかな……？」

「別《べつ》のものが見《み》えてるのかも……あはは～……」

「俺《おれ》たちで守《まも》るしかないな……」

イラストの資料《しりょう》をカバンから取《と》り出《だ》している私《わたし》は、みんなが頭《あたま》を抱《かか》えていることに気《き》づかなかった。

マドンナ【side 雨《あめ》】

生徒会《せいとかい》の時間《じかん》が終《お》わって、教室《きょうしつ》に向《む》かう。

一年生組《いちねんせいぐみ》の僕《ぼく》、空《そら》ちゃん、晴《はれ》くん、雷《らい》くんは、途中《とちゅう》まで方向《ほうこう》が一緒《いっしょ》だから、四人《よにん》で廊《ろう》下《か》を歩《ある》いていた。

視線《しせん》がすごいな……。

普段《ふだん》から、生徒会《せいとかい》のみんなといたら視線《しせん》を感《かん》じているけど、今日《きょう》のはまた別物《べつもの》だ。

視線《しせん》は全部《ぜんぶ》……空《そら》ちゃんに向《む》けられたもの。

「あの人《ひと》、ミスコンに出《で》てた……」

「近《ちか》くで見《み》たらもっとかわいい……！」

「見《み》とれちゃうよね～」

羨望《せんぼう》の眼差《まなざ》しだけなら、まだいいけど……。

「めっちゃかわいい……」

「周《まわ》りに生徒会《せいとかい》のやつらがいなかったら、話《はな》しかけるのに……」

「誰《だれ》か連絡先《れんらくさき》知《し》ってる人《ひと》いないのかな」

……あきらかに空《そら》ちゃんを狙《ねら》っている人間《にんげん》の視線《しせん》に、ため息《いき》をついた。

はぁ……すっごい複雑《ふくざつ》。

もともと、メガネはトラウマがあって外《はず》せなかったって言《い》っていたし……メガネを外《はず》せるようになったことは、喜《よろこ》ぶべきことだと思《おも》う。

だけど、あまりに周《まわ》りの態度《たいど》が変《か》わりすぎて、心配《しんぱい》すぎる。

きっと全校生徒《ぜんこうせいと》が空《そら》ちゃんに注目《ちゅうもく》しているだろうし、男子《だんし》はとくに、近《ちか》づくすきを狙《ねら》っているだろう。

「あんなにかわいいとか、知《し》らなかった……」

「めっちゃ地味《じみ》だったのに……！」

空《そら》ちゃんを、外見《がいけん》ばかりで語《かた》らないでほしいな……。

僕《ぼく》だって、好《す》きになる前《まえ》に素顔《すがお》を知《し》ったけど……空《そら》ちゃんの魅力《みりょく》は、底《そこ》なしの優《やさ》しさなのに。もちろん、優《やさ》しさだけじゃなくて、空《そら》ちゃんは全部魅力的《ぜんぶみりょくてき》だけど。

いや……というか、もし空《そら》ちゃんの内面《ないめん》の魅力《みりょく》もバレてしまったら、今《いま》より人気《にんき》になって……とんでもないことになるんじゃないかな……。

もっともっといろんなやつを虜《とりこ》にして……空《そら》ちゃんが今《いま》より遠《とお》い存在《そんざい》になってしまうかもしれない。

空《そら》ちゃんの魅力《みりょく》を知《し》っているのは、僕《ぼく》だけでいいのに……なんて思《おも》ってしまう。

しかも……当《とう》の本人《ほんにん》はまったく気《き》づいてなさそうなのも問題《もんだい》だ。

話《はな》しかけられても、普通《ふつう》に対応《たいおう》しちゃいそうだし……まあ、クラスにいる時《とき》は晴《はれ》くんが守《まも》ってくれるだろうけど……。

……僕《ぼく》も、同《おな》じクラスがよかった……。

そうしたら、僕《ぼく》が四六時中《しろくじちゅうまも》守ってあげられたのに……。

空《そら》ちゃんを守《まも》るのも、隣《となり》にいるのも、全部僕《ぜんぶぼく》がいい。

日《ひ》に日《ひ》に大《おお》きくなっていく空《そら》ちゃんへの気持《きも》ちに比例《ひれい》するように、独占欲《どくせんよく》も大《おお》きくなっていく。

自分《じぶん》がここまで嫉妬深《しっとぶか》いなんて、知《し》らなかった……。

「雨《あめ》くん？　どうしたの？」

「……っ、え？」

「なんだかむずかしい顔《かお》してるように見《み》えたけど……もしかして、悩《なや》みでもある？」

心配《しんぱい》そうに、僕《ぼく》を見《み》ている空《そら》ちゃん。

……っ、僕《ぼく》も人《ひと》のこと言《い》えないかも……。

きらきらした瞳《ひとみ》に見《み》つめられて、思《おも》わず視線《しせん》をそらした。

やっぱりメガネがないと、直視《ちょくし》できないな……。

「だ、大丈夫《だいじょうぶ》だよ！　お腹《なか》すいたなって思《おも》ってただけなんだ～！」

「ふふっ、私《わたし》もお腹《なか》すいた」

照《て》れくさそうなその笑顔《えがお》は、朝《あさ》から見《み》るには刺激《しげき》が強《つよ》すぎた。

はぁ……かわいい……。

はぁ……心配《しんぱい》だ……。

今《いま》すぐクラス替《が》えできたら……なんて、めずらしく非現実的《ひげんじつてき》なことを思《おも》った。

悩《なや》んでいても仕方《しかた》ない……。

こうなってしまった以上《いじょう》、僕《ぼく》だってもっとがんばらないと。

たったひとり……空《そら》ちゃんに選《えら》んでもらえる、人間《にんげん》になるんだ。
空《そら》ちゃんのことが、大好《だいす》きだから……。
僕《ぼく》はひとり、心《こころ》の中《なか》で静《しず》かに闘志《とうし》を燃《も》やした。

覚悟《かくご》

教室《きょうしつ》に戻《もど》って、自分《じぶん》の席《せき》に着《つ》く。

カバンから参考書《さんこうしょ》を出《だ》して、机《つくえ》の中《なか》に入《い》れている時《とき》だった。

「ひ、日和《ひより》さん、おはよう……！」

……え？

突然《とつぜん》クラスの男《おとこ》の子《こ》から声《こえ》をかけられて、反射的《はんしゃてき》に顔《かお》を上《あ》げる。

「あ……お、おはようございます」

とっさに返事《へんじ》をしたけど……晴《はれ》くん以外《いがい》の男《おとこ》の子《こ》に、教室《きょうしつ》で声《こえ》をかけられることなんて今《いま》までなかった。

「お、おはよう……！」

「ひ、日和《ひより》さん、今日《きょう》もメガネかけてないんだ……！」

ほかの男《おとこ》の子《こ》も集《あつ》まってきて、驚《おどろ》いてじゃっかんパニックになる。

これは……い、いったい、どういう状態《じょうたい》……？

「俺《おれ》、日和《ひより》さんと話《はな》してみたかったんだよね……！」

「俺《おれ》も俺《おれ》も！」

「ちょっと、空《そら》に近《ちか》づかないで！」

戸惑《とまど》っていると、海《うみ》ちゃんが男《おとこ》の子《こ》たちを私《わたし》から遠《とお》ざけるように前《まえ》に立《た》ってくれた。

「あんたたち、空《そら》のこと地味《じみ》だとか言《い》いたい放題言《ほうだいい》ってたくせに！」

いつになく怒《おこ》っている海《うみ》ちゃんが、周《まわ》りにいる男《おとこ》の子《こ》たちを順番《じゅんばん》ににらみつけている。

「そうだよ。空《そら》が困《こま》ってるだろ」

晴《はれ》くんも来《き》てくれて、ふたりがかばってくれた。

「こんなにかわいいって知《し》らなかったからだよ！　お前《まえ》たちだって、知《し》ってて隠《かく》してたんだろ！」

「なんで空《そら》の魅力《みりょく》もわからないやつらに、教《おし》えないといけないのよ！」

「第一《だいいち》お前《まえ》、前《まえ》に空《そら》に文句《もんく》言《い》ってただろ。都合《つごう》よすぎ」

「……っ、そ、それは……」

男《おとこ》の子《こ》が、あからさまに顔《かお》をしかめた。

そういえば……スカイライトのみんな以外《いがい》の男《おとこ》の子《こ》が近《ちか》くにいるのに、怖《こわ》くない。

急《きゅう》に話《はな》しかけられて戸惑《とまど》ってはいるけど……前《まえ》までは男《おとこ》の子《こ》と近《ちか》づくだけで、怖《こわ》かったのに……。

やっぱり……いつの間《ま》にか、男《おとこ》の子《こ》恐怖症《きょうふしょう》を克服《こくふく》できていたのかな……。

幸雄《さちお》さんのことも最初《さいしょ》は怖《こわ》かったけど……今《いま》は普通《ふつう》に接《せっ》することができるし、少《すこ》しも怖《こわ》いなんて思《おも》わなかった。

メガネがなくてまだそわそわするけど、ちゃんと人《ひと》の目《め》も見《み》れる。

私《わたし》……もう、大丈夫《だいじょうぶ》かもしれない……。

自分《じぶん》の変化《へんか》に気《き》づいて、感動《かんどう》した。

よかった……。

これなら……お母《かあ》さんにも、胸《むね》を張《は》って言《い》えるかな……。

もう男《おとこ》の人《ひと》は、怖《こわ》くないよって……。

「空《そら》、どうしたの？」

晴《はれ》くんに声《こえ》をかけられて、ハッと我《われ》にかえる。

「あっ……な、何《なに》もないよっ……！」

「ほら、空《そら》がおびえてるから、散《ち》った散《ち》った！」

海《うみ》ちゃんは私《わたし》が怖《こわ》がっていると思《おも》ったのか、男《おとこ》の子《こ》たちを追《お》い払《はら》ってくれた。

誤解《ごかい》だけど、心配《しんぱい》してくれる気持《きも》ちがうれしい。

「ありがとう、海《うみ》ちゃん」

「いいのよ！　これはあたしのためでもあるから！　空《そら》のいちばんの座《ざ》は渡《わた》さない！」

ふふっ、海《うみ》ちゃんは今日《きょう》も、頼《たの》もしいな……。

「空《そら》、ほんとに大丈夫《だいじょうぶ》？」

晴《はれ》くんが、心配《しんぱい》そうに顔《かお》をのぞきこんでくる。

至近距離《しきんきょり》に、ドキッと心臓《しんぞう》が高鳴《たかな》った。

反射的《はんしゃてき》にあとずさって、晴《はれ》くんから少《すこ》し距離《きょり》をとる。

「だ、大丈夫《だいじょうぶ》……！」

「そう？　ほかのやつに何《なに》か言《い》われたら、すぐに言《い》ってね」

晴《はれ》くんの優《やさ》しさが、うれしいのに、少《すこ》し苦《くる》しい。

優《やさ》しくされるたびにまた好《す》きになってしまいそうで、でもそれはダメで、複雑《ふくざつ》な気持《きも》ちだった。

晴《はれ》くんは純粋《じゅんすい》に心配《しんぱい》してくれてるのに……申《もう》し訳《わけ》ないな……。

なんだか、晴《はれ》くんのことだまして、そばにいるみたい……。

ちゃんと、友達《ともだち》としてふるまわなきゃ……。

そう自分《じぶん》に言《い》い聞《き》かせて、スカートのすそをぎゅっと握《にぎ》った。

「………」

そんな私《わたし》を、海《うみ》ちゃんがじっと見《み》ていたなんて、知《し》るよしもなかった。

迷惑《めいわく》

――キーンコーンカーンコーン。

休《やす》み時間《じかん》になって、ふぅ……と息《いき》をつく。

最近《さいきん》、授業《じゅぎょう》がむずかしくなってきた気《き》がする……もっと勉強《べんきょう》がんばらなきゃ……!

特待生制度《とくたいせいせいど》をもらっているから、首席《しゅせき》をキープしないといけない。

勉強《べんきょう》も仕事《しごと》もどっちも手《て》を抜《ぬ》きたくないから、今《いま》まで以上《いじょう》にスケジュール管理《かんり》を徹底《てってい》して……。

「ねえ空《そら》……ちょっといい?」

あれ、海《うみ》ちゃん……?

あらたまってどうしたんだろう……?

手招《てまね》きされて、海《うみ》ちゃんについていく。

教室《きょうしつ》を出《で》ていくってことは……誰《だれ》にも聞《き》かれたくない話《はなし》でもあるのかな?

中庭《なかにわ》に着《つ》いて、海《うみ》ちゃんがベンチに座《すわ》った。

「えっと……急《きゅう》に連《つ》れ出《だ》してごめんね」

私《わたし》もその隣《となり》に座《すわ》って、じっと海《うみ》ちゃんを見《み》る。

「ううん！　海《うみ》ちゃん、どうしたの？」

海《うみ》ちゃんは神妙《しんみょう》な面持《おもも》ちで、ゆっくりと口《くち》を開《ひら》いた。

「その……天陽《てんよう》と何《なに》かあった？」

「……っ、え？」

は、晴《はれ》くんと……？

「何《なに》か」がいったい何《なに》を指《さ》しているのかわからなくて、混乱《こんらん》してしまう。

「なんていうか……様子《ようす》がおかしい気《き》がして……」

あ……どうし、よう……。　海《うみ》ちゃんには、バレてたんだ……。

自分《じぶん》では精《せい》いっぱいいつもどおりにふるまっているつもりだったけど……海《うみ》ちゃんの目《め》はごまかせなかったみたいだった。

「気《き》のせいかなと思《おも》ってたけど、その反応《はんのう》からして、やっぱり何《なに》かあった？」

この気持《きも》ちは、誰《だれ》にも言《い》わないほうがいいはずだけど……海《うみ》ちゃんには、正直《しょうじき》に話《はな》してもいいかな……。

大好《だいす》きな海《うみ》ちゃんには、ウソはつきたくないし……それに、海《うみ》ちゃんは誰《だれ》かに言《い》ったりしないだろうから。

「ま、まさか……焼肉《やきにく》の帰《かえ》り道《みち》に何《なに》か……！」

「ち、ちがうよ……！　えっと……」

誤解《ごかい》している海《うみ》ちゃんを見《み》て、覚悟《かくご》を決《き》めた。

「もしかして、話《はな》しにくいこと……？」

「う、ううん……！　海《うみ》ちゃんには、ちゃんと話《はな》しておきたい……！」

海《うみ》ちゃんだって晴《はれ》くんと関《かか》わりがあるけど、海《うみ》ちゃんはいつだって私《わたし》の味方《みかた》でいてくれて、私《わたし》の秘密《ひみつ》を守《まも》ってくれた人《ひと》。

だから……海《うみ》ちゃんだけには、この気持《きも》ちを打《う》ち明《あ》けてもいいと思《おも》った。

「あのね……」

すうっと、大《おお》きく息《いき》を吸《す》った。

「実《じつ》は……は、晴《はれ》くんのこと、好《す》きになったの」

私《わたし》たちの間《あいだ》に、少《すこ》しの沈黙《ちんもく》が流《なが》れた。

「……え？」

静《しず》かな中庭《なかにわ》に響《ひび》いた、海《うみ》ちゃんの聞《き》いたことがないような、弱々《よわよわ》しい声《こえ》。

私《わたし》はもともと男《おとこ》の子《こ》が苦手《にがて》だし、恋愛《れんあい》とは無縁《むえん》だったから、驚《おどろ》かれるだろうなとは思《おも》っていたけど……海《うみ》ちゃんは想像《そうぞう》以上《いじょう》にびっくりしていて、目《め》を大《おお》きく見開《みひら》いている。

「……そう、だったんだ……」

「いつの間《ま》にか、好《す》きに、なってて……この前《まえ》、やっと気《き》づいて……」

「もしかして、もう告白《こくはく》した……？」

「う、ううん！　してないよ……！　というか、迷惑《めいわく》になるだろうから、告白《こくはく》はしないよ」

そのことも、ちゃんと言《い》っておこう……。

「え……？」

「晴《はれ》くんは私《わたし》のこと、友達《ともだち》としか思《おも》ってな

いだろうし……困《こま》らせたくないから」

私《わたし》のことが好《す》きじゃなくても、優《やさ》しすぎる晴《はれ》くんは断《ことわ》れないかもしれない。

だから……この気持《きも》ちは、私《わたし》の中《なか》に封印《ふういん》するんだ。

「迷惑《めいわく》……」

ぼそっとつぶやいたあと、海《うみ》ちゃんはなぜか、困《こま》ったように笑《わら》った。

「……そ、そっか」

こ、こんなこと言《い》われても、気《き》まずいよね……。

海《うみ》ちゃんだって、晴《はれ》くんが私《わたし》のこと好《す》きじゃないことは知《し》ってるはずだし……返事《へんじ》に困《こま》るようなこと、言《い》っちゃったな……。

「でも、これでいいの！　晴《はれ》くんのこと、人《ひと》としても好《す》きだから……友達《ともだち》としてこれからも仲良《なかよ》くしたいなって」

「……う、うん」

「聞《き》いてくれてありがとう」

「あ、あたしのほうこそ……話《はな》してくれて、ありがとう」

海《うみ》ちゃんの笑顔《えがお》が、心《こころ》なしかぎこちなく見《み》えた。

「このこと、誰《だれ》にも内緒《ないしょ》にしててほしくて……」

「も、もちろん……！　絶対《ぜったい》に言《い》わない……！」

約束《やくそく》してくれた海《うみ》ちゃんに、もう一度《いちど》「ありがとう」と伝《つた》えた。

「……言《い》えないよ……」

「海《うみ》ちゃん？」

「あ……う、ううん！　そろそろ教室《きょうしつ》戻《もど》ろっか？」

「うん！」

初《はじ》めて誰《だれ》かに話《はな》したけど……少《すこ》しだけ心《こころ》が軽《かる》くなった気《き》がする。

海《うみ》ちゃんに、感謝《かんしゃ》だっ……。

恋《こい》の痛《いた》み

放課後《ほうかご》になって、晴《はれ》くんと一緒《いっしょ》に生徒会室《せいとかいしつ》に向《む》かう。

周《まわ》りに生徒《せいと》がいるとはいえ、いつもふたりきりのこの時間《じかん》が、一番緊張《いちばんきんちょう》する……。

「そうだ。次《つぎ》の克服《こくふく》デートはどうする？」

晴《はれ》くんの提案《ていあん》に、「あっ」と思《おも》い出《だ》した。

そういえば……克服《こくふく》デートに付《つ》き合《あ》ってくれるの、次《つぎ》は晴《はれ》くんだったっ……。

こんな状態《じょうたい》でデートなんてしたら……き、緊張《きんちょう》で心臓《しんぞう》がもたない……。

「次《つぎ》の日曜日《にちようび》だよね。行《い》きたいところある？」

笑顔《えがお》で聞《き》いてくれる晴《はれ》くんに、ドキッと高鳴《たかな》る心臓《しんぞう》。

笑顔《えがお》を見《み》るだけで、胸《むね》が痛《いた》いくらいなのに……ふたりきりでデートなんてできる自信《じしん》がない……。

ど、どうやって断《ことわ》ろう……。

そう思《おも》った時《とき》、私《わたし》はあることに気《き》づいた。

もう男《おとこ》の子恐怖症《こきょうふしょう》が治《なお》ったなら……克服《こくふく》デートは、終《お》わりにしてもいいんじゃないかな……？

そうだよ……みんな忙《いそが》しいなか、時間《じかん》を作《つく》ってくれてたけど……これからはみんなを付《つ》き合《あ》わせる必要《ひつよう》もないんだっ……。

「あ、あのね……もう、克服《こくふく》デートは大丈夫《だいじょうぶ》……！」

「え？」

私《わたし》の言葉《ことば》に、晴《はれ》くんは大《おお》きく目《め》を見開《みひら》いた。

「ど、どうして？」

「私《わたし》……男《おとこ》の子恐怖症《こきょうふしょう》、治《なお》ったみたいなの……！」

晴《はれ》くんはいつも心配《しんぱい》してくれていたから、きっと喜《よろこ》んでくれるはず。

そう思《おも》ったけど、目《め》の前《まえ》の晴《はれ》くんの表情《ひょうじょう》は、なんだか複雑《ふくざつ》そうに見《み》えた。

喜《よろこ》んでいいのか、わからないような表情《ひょうじょう》。

「本当《ほんとう》に大丈夫《だいじょうぶ》……？」

もしかしたら、本当《ほんとう》に治《なお》ったかどうか心配《しんぱい》してくれてるのかな……？

晴《はれ》くんは優《やさ》しいから、きっとそうだ。

「もし遠慮《えんりょ》してるとかなら、気《き》にしないでほしい……！」

「う、ううん、ほんとにもう平気《へいき》なの！　それと、新連載《しんれんさい》の案《あん》で悩《なや》んでて……ちょっと忙《いそが》しくて……」

これは……一応《いちおう》ウソではない。

できるだけ晴《はれ》くんにはウソをつきたくないから、言葉《ことば》を選《えら》んだ。

とにかく、晴《はれ》くんとふたりのデートは、何《なに》がなんでもさけたいっ……。

晴《はれ》くんには申《もう》し訳《わけ》ないけど、これは晴《はれ》くんのためなんだ。

私《わたし》の気持《きも》ちが、これ以上大《いじょうおお》きくならないように……。

「もしかして、それで最近悩《さいきんなや》んでたの？」

「え？」

晴《はれ》くんの言葉《ことば》に、驚《おどろ》いて顔《かお》を上《あ》げる。

それで最近悩《さいきんなや》んでたの？って……もしかして……私《わたし》の態度《たいど》が不自然《ふしぜん》なこと、バレてたのかなっ……？

海《うみ》ちゃんにもバレていたし……私《わたし》って、そんなに感情《かんじょう》が表《おもて》に出《で》てる……？

そ、それか、メガネをとったせいっ……？

「俺《おれ》にできることがあったらなんでも言《い》ってね」

あ……。

優《やさ》しい瞳《ひとみ》で、私《わたし》を見《み》つめてくれる晴《はれ》くん。心《こころ》の底《そこ》から心配《しんぱい》してくれているんだとわかって、胸《むね》がぎゅっとしめつけられる。

ダメだ……。

やっぱり、晴《はれ》くんのこと……すごく好《す》きだよ……。

「あ、ありがとう」

一緒《いっしょ》にいたら……やっぱりどんどん好《す》きになってしまうから……デートをなしにしたのは正解《せいかい》だったな。

自分《じぶん》の気持《きも》ちを隠《かく》すって、こんなにも辛《つら》いんだ……。

好《す》きな人《ひと》に心配《しんぱい》してもらえてうれしい気持《きも》ちと、申《もう》し訳《わけ》ない気持《きも》ちと、大好《だいす》きな気持《きも》ちが交差《こうさ》して、頭《あたま》の中《なか》がぐちゃぐちゃになってしまう。

晴《はれ》くんは友達《ともだち》として、大切《たいせつ》に想《おも》ってくれてるのに……。

好《す》きになって、ごめんなさい……。

偶然《ぐうぜん》の出会《であ》い

週末《しゅうまつ》になって、私《わたし》は家《いえ》でパソコンと向《む》き合《あ》っていた。

新連載《しんれんさい》の案《あん》、全然浮《ぜんぜんう》かばない……。

ヒロインとヒーローについては、設定《せってい》を書《か》きこんでみたりしたけど……内容《ないよう》に関《かん》しては、結局《けっきょく》まだ一《いち》ページも書《か》けていない……。

こんなに進《すす》まないこと、初《はじ》めてだ……。

やっぱり、別《べつ》のジャンルにさせてもらおうかな……。今《いま》までどおり、友情《ゆうじょう》をメインにした作品《さくひん》を……。

そこまで考《かんが》えて、ぎゅっと拳《こぶし》を握《にぎ》った。

……ううん、それは逃《に》げだ。

せっかく真島《まじま》さんが提案《ていあん》してくれたんだから……がんばって挑戦《ちょうせん》したい。

これは私《わたし》に与《あた》えられた試練《しれん》だと思《おも》うから、そこから逃《に》げたくなかった。

ひとまず……ずっと考《かんが》えていても仕方《しかた》ない。

息抜《いきぬ》きに、街《まち》に出《で》てみようかな……。うん、そうしよう！

散歩《さんぽ》しながら、いろんなものにふれたら、何《なに》かいい案《あん》が浮《う》かぶかもしれない……。

私《わたし》はすぐに準備《じゅんび》をして、家《いえ》を出《で》た。


ポスターや花壇《かだん》、お店《みせ》の看板《かんばん》……目《め》に映《うつ》るもの全部《ぜんぶ》を焼《や》きつける。

あ……あの色彩《しきさい》、素敵《すてき》……。

斬新《ざんしん》な色《いろ》の組《く》み合《あ》わせだな……インパクトがあるし、次《つぎ》のみんなのイラストに使《つか》わせてもらいたい……メモしておこう。

やっぱり、街《まち》を歩《ある》いていると、いろんな刺激《しげき》を受《う》ける。

外《そと》に出《で》てきてよかった……。

メモ帳《ちょう》をしまった時《とき》、ある違和感《いわかん》に気《き》づいた。

なんだか、視線《しせん》を感《かん》じる……。

前《まえ》にいる男《おとこ》の人三人組《ひとさんにんぐみ》が、こっちを見《み》てこそこそ話《はな》している気《き》がした。

あやしい勧誘《かんゆう》かもしれない……ち、近《ちか》づかないようにしようっ……。

そう思《おも》って、回《まわ》れ右《みぎ》をした。

「ねえ、今《いま》ひとり？」

ひっ……は、話《はな》しかけられたっ……。

走《はし》って逃《に》げようとしたけど、逃《に》げるのは失礼《しつれい》かもしれないと思《おも》い、恐《おそ》る恐《おそ》る振《ふ》り返《かえ》る。

「どこに行《い》く予定《よてい》なの？　待《ま》ち合《あ》わせとか？」

「よかったら、このあと時間《じかん》ない？」

「ごはんおごるよ」

や、やっぱり、あやしい勧誘《かんゆう》だっ……。

「あ、あの、ごめんなさい……」

逃《に》げないとと思《おも》うけど、威圧的《いあつてき》な彼《かれ》らの雰囲気《ふんいき》が怖《こわ》くて、動《うご》けなくなってしまった。

「忙《いそが》しいなら、連絡先《れんらくさき》だけでも交換《こうかん》しない？」

「君《きみ》みたいなかわいい子《こ》、初《はじ》めて会《あ》った」

かわいい子《こ》……？　初《はじ》めて……？

こ、この人《ひと》、誰《だれ》にでも言《い》ってるんだろうな……。

そうやって、勧誘《かんゆう》する手段《しゅだん》にちがいないっ……。

「す、すみません……」

本当《ほんとう》に逃《に》げないとっ……。

そう思《おも》って走《はし》りだそうとしたけど、腕《うで》をつかまれてしまった。

男《おとこ》の人恐怖症《ひときょうふしょう》が治《なお》ったとはいえ、さすがにふれられるのは怖《こわ》い。

「ちょっと待《ま》って！　お願《ねが》い！　連絡先《れんらくさき》だけ！」

「連絡先交換《れんらくさきこうかん》してくれたらあきらめるからさ！」

い、嫌《いや》だ……。

やっぱり、外《そと》に出《で》るべきじゃなかったのかもしれない……っ。

怖《こわ》くて、ぎゅっと目《め》をつむる。

パシっと、私《わたし》の腕《うで》を握《にぎ》っている手《て》が振《ふ》り払《はら》われた。

「——離《はな》せよ」

え？　この声《こえ》……？

恐《おそ》る恐《おそ》る目《め》を開《あ》けると、見慣《みな》れた背中《せなか》がそこにあった。

晴《はれ》くん……。

「何《なに》こいつ……」

「ちっ……彼氏《かれし》かよ……行《い》こうぜ」

晴《はれ》くんを見《み》て、興味《きょうみ》が失《う》せたみたいに去《さ》っていった彼《かれ》ら。

よ、よかった……。

「空《そら》、大丈夫《だいじょうぶ》……!?」

「う、うん……！　助《たす》けてくれて、ありがとう……！」

また、助《たす》けてもらった……。

晴《はれ》くんに助《たす》けられるのは、何回目《なんかいめ》だろう。

「誰《だれ》かナンパされてると思《おも》ったら空《そら》だったから、びっくりした……」

「ナンパ……？　さっきの人《ひと》たち、私《わたし》を勧誘《かんゆう》しようと思《おも》ってたみたいで……晴《はれ》くんが来《き》てくれなかったら、きっとあやしいものを買《か》わされたと思《おも》う……」

「え？　いや……今《いま》のはナンパだと思《おも》うけど……」

「ナンパ……？」

そ、それはないと思《おも》う……。

「空《そら》ってほんとに……天然記念物《てんねんきねんぶつ》に認定《にんてい》されると思《おも》うよ」

「天然記念物《てんねんきねんぶつ》……？」

「あはは……。えっと、空《そら》はどうしてここにいたの？　何《なに》か用事《ようじ》？」

「そういうわけじゃなくて、ちょっとぶらぶらしてたんだ。気分転換《きぶんてんかん》に……」

そう答《こた》えると、晴《はれ》くんはハッとした顔《かお》になった。

「そういえば、漫画《まんが》の新連載《しんれんさい》の案《あん》で悩《なや》んでるって言《い》ってたよね？」

「うん……いい案《あん》が浮《う》かばなくて、息抜《いきぬ》きに出《で》かけてみようと思《おも》って……」

そう思《おも》ってここに来《き》たら、あんな事態《じたい》に……。

晴《はれ》くんがいてくれて、ほんとによかった……。

「それって、俺《おれ》も一緒《いっしょ》にいたらダメ？」

「えっ……？」

突然《とつぜん》の提案《ていあん》に、びっくりして大《おお》きな声《こえ》が出《で》る。

「ひとりで歩《ある》くのは危《あぶ》ないし、今《いま》みたいに声《こえ》をかけられるかもしれないから……護衛《ごえい》、みたいな」

「え、えっと……」

心配《しんぱい》してくれる気持《きも》ちはうれしいけど……晴《はれ》くんとふたりになるのは……。

せっかく克服《こくふく》デートを断《ことわ》った意味《いみ》が、なくなってしまう……。

返事《へんじ》をするのにためらっていると、晴《はれ》くんが困《こま》ったように笑《わら》った。

「あ、ごめんっ……迷惑《めいわく》だったかな……ネタ探《さが》しとかって、ひとりのほうがいいよね」

悲《かな》しそうな晴《はれ》くんの表情《ひょうじょう》に、申《もう》し訳《わけ》ない気持《きも》ちでいっぱいになる。

こんな顔《かお》、させたくないのにっ……。

気《き》をつかわせたいわけじゃなかった。晴《はれ》くんには、いつだって笑《わら》っていてほしい。

せっかく善意《ぜんい》で言《い》ってくれてるんだから……断《ことわ》るなんて、失礼《しつれい》だよねっ……。

心臓《しんぞう》がもちそうにないっていうのも……私《わたし》が耐《た》えればいいんだ……！

「う、ううん、そんなことないよ……！　えっと、お願《ねが》いしてもいいかな？」

覚悟《かくご》を決《き》めてそういえば、晴《はれ》くんはうれしそうに笑《わら》ってくれた。

「もちろん！」

よかったっ……。

晴《はれ》くんが笑《わら》ってくれると、私《わたし》までうれしくなる。

好《す》きな人《ひと》の笑顔《えがお》って、すごいパワーがあるんだな……。

「それじゃあ、行《い》こっか？」

「う、うん！」

笑顔《えがお》でうなずいて、晴《はれ》くんの隣《となり》を歩《ある》いた。

「普段《ふだん》はどうやって、案《あん》を考《かんが》えてるの？」

「散歩《さんぽ》とか、日々《ひび》の生活《せいかつ》のなかで思《おも》いついたりするんだけど……今回《こんかい》はちょっといつもとちがってて、苦戦《くせん》してるの」

「いつもとちがう？」

「恋愛《れんあい》ジャンルに挑戦《ちょうせん》しないかって、提案《ていあん》してもらって……」

「なるほど……」

「書《か》いたことがないジャンルだから、わからなくて……全然《ぜんぜん》いい案《あん》が浮《う》かばないの」

こくこくとうなずきながら真剣《しんけん》に私《わたし》の話《はなし》を聞《き》いてくれた晴《はれ》くんは、何《なに》やらじーっと考《かんが》えはじめた。

ひらめいたような顔《かお》をして、私《わたし》を見《み》た晴《はれ》くん。

「じゃあさ……今《いま》から、遊園地《ゆうえんち》にでも行《い》かない？」

「遊園地《ゆうえんち》？」

「デートスポットの定番《ていばん》でしょ？　気分転換《きぶんてんかん》とネタ探《さが》しをかねて」

たしかに、デートスポットに行《い》けば、いい案《あん》が浮《う》かぶかもしれない。

ただ……遊園地《ゆうえんち》に行《い》くとなると、時間《じかん》もかかるし……晴《はれ》くんの一日《いちにち》を奪《うば》ってしまうことになる。

「晴《はれ》くんの時間《じかん》が……」

「俺《おれ》はイヤホン買《か》いにきただけだったし、このあとは予定《よてい》ないから、全然平気《ぜんぜんへいき》。むしろ、空《そら》と遊《あそ》べたらうれしいなって」

私《わたし》が気《き》をつかわないように、そう言《い》ってくれてるんだろうな……。

晴《はれ》くんのまぶしい笑顔《えがお》を見《み》て、どこまでも優《やさ》しい人《ひと》だなと思《おも》った。

ふたりで遊園地《ゆうえんち》なんて、緊張《きんちょう》しかないけど……せっかく提案《ていあん》してもらったんだから、晴《はれ》くんの善意《ぜんい》をむげにしたくない。

「そ、それじゃあ、お願《ねが》いします」

「ほんと？　やった！　さっそく行《い》こ！」

これは、神様《かみさま》から私《わたし》への試練《しれん》だ……。

晴《はれ》くんとふたりきりを無事《ぶじ》に乗《の》り越《こ》えて、さらに漫画《まんが》のプロットも完成《かんせい》させる……！

うっかり気持《きも》ちがあふれたりしないように、気《き》を引《ひ》きしめていかなきゃ……！

ミッションを遂行《すいこう》するため、私《わたし》は気合《きあ》いを入《い》れて拳《こぶし》をぎゅっと握《にぎ》りしめた。

遊園地《ゆうえんち》に到着《とうちゃく》して、私《わたし》は目《め》を輝《かがや》かせた。

すごいっ……ここの遊園地《ゆうえんち》は初《はじ》めて来《き》たけど、ものすごく広《ひろ》いしアトラクションの数《かず》も膨大《ぼうだい》だっ……。

マップを見《み》ながら、いくつ乗《の》り物《もの》があるんだろうとワクワクした。

「ふふっ、空《そら》、目《め》がきらきらしてる」

「えっ……そ、そんなに顔《かお》に出《で》てたかなっ……」

晴《はれ》くんの言葉《ことば》に、はしゃぎすぎている自分《じぶん》に気《き》づいて恥《は》ずかしくなった。

「かわいい」

かっ……。

晴《はれ》くんの「かわいい」に深《ふか》い意味《いみ》はないってわかってるけど……その言葉《ことば》を言《い》われると……ダメだ……。

「空《そら》、まずはどれに乗《の》りたい？」

「え、えっと……」

マップを見《み》て、頭《あたま》を悩《なや》ませる。

全部楽《ぜんぶたの》しそう……ひとまず、近《ちか》くにあるのは……。

「ティーカップに乗《の》ってみたいっ……」

視界《しかい》の端《はし》に映《うつ》っている、いちばん近《ちか》くにあるアトラクション。

「じゃあ、行《い》こ」

晴《はれ》くんが、私《わたし》の手《て》を握《にぎ》った。

「えっ……」

今《いま》まで克服《こくふく》デートの時《とき》に手《て》をつないだことはあるし、初《はじ》めてではないけど……心臓《しんぞう》が大《おお》きく跳《は》ね上《あ》がる。

私《わたし》と晴《はれ》くんは、ただの友達《ともだち》なのに……。

かんちがい、してしまいそうになる……。

って、かんちがいするのもおこがましいよっ……！

「あ……ご、ごめん、いつものクセで……」

晴《はれ》くんはすぐに、私《わたし》の手《て》を離《はな》した。

よかった……。

ほっとして息《いき》をついたけど、同時《どうじ》に名残惜《なごりお》しさも感《かん》じてしまって、複雑《ふくざつ》な感情《かんじょう》になる。

手《て》をつなぐのは困《こま》るのに、離《はな》すのはさみしいなんて……私《わたし》、わがままだっ……。

うー……邪念《じゃねん》を振《ふ》り切《き》って、めいっぱい勉強《べんきょう》させてもらうぞっ……！

晴《はれ》くんがここまで手伝《てつだ》ってくれてるんだから、善意《ぜんい》を無駄《むだ》にするわけにはいかない。

参考《さんこう》にさせてもらって……絶対《ぜったい》にいいプロットを書《か》くんだ……！


ティーカップに乗《の》って、ハンドルを回《まわ》した。

「ふふっ、風《かぜ》が気持《きも》ちいいね」

「そうだね」

よかったっ……晴《はれ》くんも楽《たの》しそうっ……。

「次《つぎ》はどれに乗《の》りたい？」

「えっと、メリーゴーラウンド……！」

「うん、行《い》こう」

次々《つぎつぎ》とアトラクションに乗《の》って、遊園地《ゆうえんち》を楽《たの》しむ。

「あ、フード売《う》ってるよ。何《なに》か食《た》べる？」

「スイーツ、かわいい……！」

「ふふっ、並《なら》ぼっか」

遊園地《ゆうえんち》、楽《たの》しいな……。

それとも……遊園地《ゆうえんち》ってだけじゃなくて、晴《はれ》くんと一緒《いっしょ》にいるから、楽《たの》しいのかな……。

そんなことを思《おも》った自分《じぶん》に恥《は》ずかしくなって、顔《かお》が熱《ねつ》を帯《お》びる。

ちらりと横目《よこめ》で晴《はれ》くんを見《み》ると、晴《はれ》くんもこっちを見《み》て、視線《しせん》がぶつかった。

「どうしたの？」

「う、ううんっ……」

やっぱり、目《め》が合《あ》うだけでドキドキしてしまう……。

い、今《いま》は、遊園地《ゆうえんち》を楽《たの》しむことに集中《しゅうちゅう》しようっ……！

緊急《きんきゅう》デート【side 晴《はれ》】

「おいしいっ……」

スイーツを食《た》べながら、うれしそうな空《そら》。

その笑顔《えがお》に、心底《しんそこ》いやされる。

かわいい……。

見《み》ているだけで、空腹《くうふく》も何《なに》もかも満《み》たされる気持《きも》ちだった。

今日《きょう》、イヤホン買《か》いにきてよかったな……。

ていうか、それより……。

通《とお》りすがりの人全員《ひとぜんいん》が、空《そら》を見《み》てる気《き》がする……。

「あの子《こ》、すっげーかわいい……」

「ほんとだ……超絶美少女《ちょうぜつびしょうじょ》……」

「ちょっと、デート中《ちゅう》にほかの女《おんな》の子見《こみ》ないでよ！」

「ご、ごめんごめん……でも、あの子芸能人《こげいのうじん》かな？」

恋人《こいびと》に怒《おこ》られている人《ひと》もいて、あきれてため息《いき》をついた。

本当《ほんとう》に困《こま》ったな……。

空《そら》がメガネを外《はず》したら、こうなることはわかってたけど……いざ好《す》きな子《こ》がモテモテになると、心配《しんぱい》で仕方《しかた》ない。

「喉《のど》かわいてない？　飲《の》み物買《ものか》おっか？」

「うんっ……あ、私《わたし》が買《か》ってくるから、晴《はれ》くん休《やす》んでて……！」

「い、いや……一緒《いっしょ》に行《い》こう……！」

本当《ほんとう》は、空《そら》にここで休《やす》んでてって言《い》いたいけど……ひとりでいたらナンパのえじきになる。

ふたりでドリンクのお店《みせ》に並《なら》んで、自分《じぶん》たちの番《ばん》が来《く》るのを待《ま》った。

今日《きょう》も街《まち》でナンパされてたし……本人《ほんにん》はあやしい勧誘《かんゆう》だと思《おも》ってたみたいだけど……。

どうしてこんなにかわいいのに、自覚《じかく》がないんだろうな……。

もちろん、そんなところも、愛《いと》おしくてたまらない。

空《そら》だったら、もうなんでもかわいいと思《おも》う。

「晴《はれ》くん？」

「あ……ご、ごめん！」

「飲《の》み物何《ものなに》にする？」

「俺《おれ》はコーラにしようかな」

空《そら》は俺《おれ》のぶんと自分《じぶん》のぶんを頼《たの》んで、お会計《かいけい》をしようとした。

俺《おれ》はすぐに自分《じぶん》の財布《さいふ》からお金《かね》を出《だ》して、先《さき》に払《はら》う。

「これでお願《ねが》いします」

「は、晴《はれ》くん、ここは私《わたし》が払《はら》うよ……！　さっき買《か》ってもらっちゃったから……！」

「気《き》にしないで。デートだから、おごらせてよ」

空《そら》は漫画家《まんがか》として大人気《だいにんき》だし、おごられる必要《ひつよう》なんてないってわかってるけど……これは俺《おれ》の気持《きも》ちみたいなもの。

感謝《かんしゃ》されたいとかそんな気持《きも》ちはなくて、ただ好《す》きだから、何《なに》かしてあげたいって思《おも》ってしまう。

「あ、ありがとうっ……今度《こんど》私《わたし》にも、何《なに》かごちそうさせてね？」

空《そら》の気持《きも》ちがうれしくて、俺《おれ》も「ありがとう」とお礼《れい》を言《い》った。

これが……本当《ほんとう》のデートならいいのに……。

おいしそうにジュースを飲《の》んでいる空《そら》を見《み》て、心《こころ》の底《そこ》からそう思《おも》った。

どうやったら……空《そら》の恋人《こいびと》になれるんだろう。

最近《さいきん》、それぱかり考《かんが》えてしまう。

空《そら》が前以上《まえいじょう》にモテはじめて、焦《あせ》ってるのかな……。

でも、好《す》きな女《おんな》の子《こ》がモテていて、冷静《れいせい》でいられるほうがおかしいと思《おも》う。

うれしそうな横顔《よこがお》を見《み》ながら、いつまでも見《み》ていたいと思《おも》った。

かわいいな……。

かわいすぎて、ため息《いき》がこぼれそうなくらい。

もし空《そら》と両思《りょうおも》いになれる方法《ほうほう》があるなら……誰《だれ》か、教《おし》えてほしい……。

「は、晴《はれ》くん……？」

「ん？」

空《そら》の顔《かお》が、みるみる赤《あか》く染《そ》まっていく。

「えっと……ど、どうして、見《み》てるのかなって……」

俺《おれ》がじっと見《み》ていたことに気《き》づいたのか、恥《は》ずかしそうに視線《しせん》を伏《ふ》せた空《そら》。

その表情《ひょうじょう》がかわいすぎて、心臓《しんぞう》をわしづかみされたような衝撃《しょうげき》が走《はし》った。

ダメだ……目《め》をそらしたくない。

一秒《いちびょう》だって逃《のが》したくないと思《おも》うけど、嫌《いや》な気持《きも》ちにさせたくないから、我慢《がまん》しないと……。

「あ、ごめん、嫌《いや》だったよね」

「い、嫌《いや》とかじゃないよっ……緊張《きんちょう》するというか……」

え？

「緊張《きんちょう》？」

そういえば……どうして、そんな照《て》れくさそうにしてるんだろう……。

今《いま》までの空《そら》なら、俺《おれ》がじっと見《み》ても、不思議《ふしぎ》そうにするくらいで……こんな反応《はんのう》はしなかったような……。

「う、ううん、何《なに》も……」

俺《おれ》を見《み》て、また恥《は》ずかしそうに目《め》をそらした空《そら》。

どうしたんだろう……？

最近《さいきん》、本当《ほんとう》に様子《ようす》がヘンな気《き》が……。

漫画《まんが》のことで悩《なや》んでるからと思《おも》ってたけど、それだけじゃなさそうな気《き》がした。

ほかのみんなへの対応《たいおう》は変《か》わってない気《き》がするし……俺《おれ》に対《たい》してだけ、様子《ようす》がおかしい……？

どうしてだろう……？

俺《おれ》、何《なに》かした……？

前《まえ》にダクエレと対決《たいけつ》したライブの時《とき》からな気《き》がするけど……何《なに》も心当《こころあ》たりがないし……。

それに、ミスコンの練習《れんしゅう》あたりからますます目《め》が合《あ》わなくなったと思《おも》う……。

もしかして……。

俺《おれ》の気持《きも》ちが、だだもれてるとか……？

考《かんが》えたことなかったけど……空《そら》に、気《き》づかれてたりしない、よね……。

一瞬《いっしゅん》そんな考《かんが》えが浮《う》かんで焦《あせ》ったけど、空《そら》の鈍感《どんかん》さは天然記念物並《てんねんきねんぶつな》みだ。

きっと……大丈夫《だいじょうぶ》な、はず。

でも、できるだけ感情《かんじょう》を表《おもて》に出《だ》さないように気《き》をつけよう。

俺《おれ》の気持《きも》ちは……空《そら》にとっては、迷惑《めいわく》になってしまうだろうから。

「晴《はれ》くんは飲《の》まないの？」

空《そら》に指摘《してき》されて、まだひとくちも飲《の》んでいなかったことに気《き》づいた。

空《そら》を見《み》るのに夢中《むちゅう》になってるとか……自分《じぶん》でも気持《きも》ち悪《わる》い……。

恥《は》ずかしさをごまかすように、俺《おれ》は一瞬《いっしゅん》でコーラを飲《の》み干《ほ》した。

すれちがいの連鎖《れんさ》

「空中《くうちゅう》ブランコなんて、小学校低学年以来《しょうがっこうていがくねんいらい》だよ」

アトラクションから降《お》りると、晴《はれ》くんがふふっと笑《わら》った。

「私《わたし》も久《ひさ》しぶりに乗《の》ったっ……」

「気持《きも》ちよかったね」

「うん！」

笑顔《えがお》でうなずくと、晴《はれ》くんも笑顔《えがお》を返《かえ》してくれる。

目《め》の前《まえ》に大《おお》きな時計台《とけいだい》があって、それを見《み》た晴《はれ》くんが心配《しんぱい》そうに私《わたし》を見《み》た。

「空《そら》、時間大丈夫《じかんだいじょうぶ》？」

「あ……」

ほんとだ……時間《じかん》を忘《わす》れて楽《たの》しんでいたけど、もう遊園地《ゆうえんち》に来《き》てからけっこう経《た》ったよねっ……。

「あと三十分《さんじゅっぷん》くらいで、帰《かえ》らないといけない……」

休日《きゅうじつ》はいつも、お母《かあ》さんとごはんを食《た》べている。そろそろ夜《よる》ごはんの時間《じかん》だから、帰《かえ》らなきゃ……。

「それじゃあ、次《つぎ》が最後《さいご》だね」

晴《はれ》くんはそう言《い》って、きょろきょろと周《まわ》りを見《み》た。

そして、大《おお》きな観覧車《かんらんしゃ》を見《み》て、視線《しせん》を止《と》めた。

「観覧車《かんらんしゃ》、乗《の》る？」

「うん……！　乗《の》りたい……！」

遊園地《ゆうえんち》を一望《いちぼう》できる、特大《とくだい》の観覧車《かんらんしゃ》。

絶叫系《ぜっきょうけい》は得意《とくい》じゃないけど、高《たか》いところは好《す》きだから、ずっと気《き》になってた。

晴《はれ》くんと一緒《いっしょ》に列《れつ》に並《なら》んで、赤色《あかいろ》のゴンドラに案内《あんない》される。

ハレくんのイメージカラーだっ……。

心《こころ》の中《なか》でそんなことを思《おも》って、ひとりうれしくなった。

ゆっくりと動《うご》くゴンドラ。窓《まど》の外《そと》から見《み》えるほかのアトラクションが、どんどん小《ちい》さくなっていく。

ちょうど夕日《ゆうひ》が見《み》えて、幻想的《げんそうてき》な景色《けしき》が広《ひろ》がっていた。

「きれい……」

思《おも》わず見《み》とれてしまって、無意識《むいしき》にそうこぼしていた。

「ほんとだね……絶景《ぜっけい》だ」

晴《はれ》くんも、うっとりした表情《ひょうじょう》をしている。

今日《きょう》……本当《ほんとう》に、楽《たの》しかったな……。

漫画《まんが》のプロットも……なんだか今《いま》なら、いいものが書《か》けそうな気《き》がする。

全部《ぜんぶ》、晴《はれ》くんのおかげだ……。

「今日《きょう》、付《つ》き合《あ》ってくれてありがとう。晴《はれ》くんも予定《よてい》いっぱいだと思《おも》うのに……」

お礼《れい》を言《い》うと、晴《はれ》くんは私《わたし》を見《み》てにこっと微笑《ほほえ》んでくれた。

「ううん、こちらこそ。というか、今日《きょう》はもともと克服《こくふく》デートのためにあけてたんだ」

そうだったんだ……。

せっかく予定《よてい》をあけてくれてたのに、一度《いちど》断《ことわ》ってしまって……申《もう》し訳《わけ》ないことしちゃったなっ……。

「空《そら》が克服《こくふく》できて、よかった」

自分《じぶん》のことのように、喜《よろこ》んでくれている晴《はれ》くん。

「がんばってたもんね」

「晴《はれ》くんたちのおかげだよ……」

みんなと出会《であ》って、たくさん訓練《くんれん》にも付《つ》き合《あ》ってもらって……。

いつの間《ま》にか、メガネも外《はず》せるようになった。

炎《えん》くんとも仲直《なかなお》りできて、男《おとこ》の子恐怖症《こきょうふしょう》も治《なお》って……。

——もう一度《いちど》、人《ひと》を好《す》きになることができたんだ。

「実《じつ》は来週《らいしゅう》の土曜日《どようび》、お母《かあ》さんと幸雄《さちお》さんとごはんを食《た》べるから……その時《とき》に、ちゃんと言《い》えたらいいなって思《おも》ってるの」

克服《こくふく》したいと思《おも》ったきっかけは、お母《かあ》さんのためだったから……早《はや》く伝《つた》えたい。

きっとお母《かあ》さんも幸雄《さちお》さんも喜《よろこ》んでくれるはずだし……ふたりも私《わたし》のことを気《き》にせずに、一緒《いっしょ》になれると思《おも》う……。

待《ま》たせてしまったけど、お母《かあ》さんと幸雄《さちお》さんには、幸《しあわ》せになってほしいなっ……。

って、まだ気《き》が早《はや》いよねっ……。

「うん、言《い》えるといいね。空《そら》ならきっと大丈夫《だいじょうぶ》だよ」

やわらかい笑顔《えがお》を見《み》て、ドキッと高鳴《たかな》る心臓《しんぞう》。

晴《はれ》くんの笑顔《えがお》はいつだって、私《わたし》に安心《あんしん》と自信《じしん》をくれた。
晴《はれ》くんはいつだって……私《わたし》の背中《せなか》を押《お》してくれる。
やっぱり……。
——晴《はれ》くんが、好《す》きだ……。
心《こころ》の底《そこ》から、そう思《おも》ってしまった。
ダメだってわかってるのに、この気持《きも》ちを止《と》められない。
きっと近《ちか》くにいる限《かぎ》り、晴《はれ》くんへの気持《きも》ちが消《き》えることなんてないんだろうな……。
むしろ、ふくらみつづける一方《いっぽう》だと思《おも》う。
こんなにも素敵《すてき》な人《ひと》が近《ちか》くにいて……好《す》きにならないほうが、無理《むり》だ。
「……好《す》き」
「……え？」
……え？
私《わたし》の心《こころ》の声《こえ》と、晴《はれ》くんの声《こえ》が重《かさ》なった。
今《いま》……私《わたし》、なんて言《い》った……？
好《す》きって……く、口《くち》から、あふれてた気《き》が……。

「それって……どういう意味《いみ》で？」

晴《はれ》くんもはっきり聞《き》こえたのか、さっきとは表情《ひょうじょう》を変《か》えてこっちを見《み》ていた。

少《すこ》し焦《あせ》りが見《み》える、真剣《しんけん》な表情《ひょうじょう》。

ど、どうしよう……言《い》ったら、ダメだったのに……っ。

パニックになって、必死《ひっし》にごまかす手段《しゅだん》を考《かんが》えた。

「あ……あの、ちがうよ……！　晴《はれ》くんのこと、友達《ともだち》として好《す》きってこと……！」

動揺《どうよう》しすぎて、いつもより大《おお》きな声《こえ》になる。

「わ、私《わたし》……ほんとに、晴《はれ》くんには感謝《かんしゃ》してて……その……だから……」

否定《ひてい》、しなきゃ……っ。

ぎゅっと目《め》をつむって、口《くち》を開《ひら》いた。

「晴《はれ》くんとは……この先《さき》もずっと、友達《ともだち》でいたいっ……！」

はっきりとそう言《い》って、恐《おそ》る恐《おそ》る目《め》を開《あ》ける。

これで……ごまかせた、かな……？

「やっぱり……俺《おれ》の気持《きも》ち、バレてたんだ……」

ぼそっと、何《なに》かつぶやいた晴《はれ》くん。

「空《そら》は……俺《おれ》のこと、友達《ともだち》としてしか思《おも》えない？」

視界《しかい》に映《うつ》った晴《はれ》くんの顔《かお》は、見《み》たことがないくらい、悲《かな》しい表情《ひょうじょう》をしていた。

どうして、そんな顔《かお》……。

とにかくウソをつきとおさないといけないと思《おも》って、こくりとうなずく。

「……そっか」

悲《かな》しそうな声《こえ》に、胸《むね》が痛《いた》くなった。

「ありがとう。俺《おれ》も、空《そら》のこと好《す》きだよ」

……え？

「空《そら》が望《のぞ》むなら、ずっと友達《ともだち》でもいい」

ずっと友達《ともだち》でもいいって……。

まるで、本当《ほんとう》は友達《ともだち》でいたくないって、言《い》ってるように聞《き》こえる。

「そのくらい好《す》きだよ」

私《わたし》を見《み》つめる晴《はれ》くんは微笑《ほほえ》んでいるのに、その瞳《ひとみ》がなぜか、悲《かな》しみにあふれているように見《み》えた。

晴《はれ》くん……どうしてそんなに、悲《かな》しそうに笑《わら》うの……？

好《す》きだよって……どうして、苦《くる》しそうに言《い》うの……？

理由《りゆう》を考《かんが》えた時《とき》、ハッとある考《かんが》えが浮《う》かんだ。

もしかして晴《はれ》くん……私《わたし》の気持《きも》ちに、気《き》づいてる……？

さっきの好《す》き……ごまかせたと思《おも》ったけど、そうじゃなかった……？

晴《はれ》くんは私《わたし》の恋愛感情《れんあいかんじょう》に気《き》づいて、ずっと友達《ともだち》でいたいって、言《い》ってるのかな……？

そう思《おも》うと、つじつまがあった。

理解《りかい》したとたん、晴《はれ》くんにこんなことを言《い》わせてしまった罪悪感《ざいあくかん》にさいなまれた。

わかってた……私《わたし》の気持《きも》ちは、晴《はれ》くんにとって迷惑《めいわく》になるって。

だから、隠《かく》そうと思《おも》ったのに……。

バレて、しまった……。

「ごめんね……」

申《もう》し訳《わけ》なさそうに謝《あやま》る晴《はれ》くんに、胸《むね》が詰《つ》まる。

「ううん……私《わたし》のほうこそ……っ」

晴《はれ》くんは何《なに》も悪《わる》くない……。

悪《わる》いのは……好《す》きになってしまった、私《わたし》のほうだ……。

晴《はれ》くんの迷惑《めいわく》も考《かんが》えずに、好《す》きになってしまって……。

……本当《ほんとう》に、ごめんなさい。

「ありがとうございました〜！　気《き》をつけて降《お》りてください！」

観覧車《かんらんしゃ》の扉《とびら》が開《あ》いて、ハッとする。

あ……もう回《まわ》り終《お》わったんだ……。

急《いそ》いで降《お》りて、無言《むごん》のままふたりで歩《ある》いた。

「えっと……帰《かえ》ろっか？」

「う、うん」

晴《はれ》くんは私《わたし》に気《き》をつかわせないように笑顔《えがお》を浮《う》かべていたけど、その表情《ひょうじょう》はやっぱり苦《くる》しそうに見《み》えた。

「その……ごめん、今日《きょう》、無理矢理誘《むりやりさそ》ったみたいになって……」

帰《かえ》り道《みち》を歩《ある》きながら、晴《はれ》くんがそう言《い》った。

無理矢理《むりやり》？　そんなこと、思《おも》ってないのにっ……。

「ちが……」

「俺《おれ》、空気読《くうきよ》めないところあるから……もし嫌《いや》なら、嫌《いや》って言《い》ってもいいからね」

晴《はれ》くんは……私《わたし》と今日《きょう》、遊園地《ゆうえんち》に来《こ》なかったらよかったたって、思《おも》ってるかな……？

こんなことになってしまって……本当《ほんとう》に、申《もう》し訳《わけ》ないな……。

今日《きょう》、ほんとはすごく楽《たの》しかった。

晴《はれ》くんと一緒《いっしょ》なら、きっとどこにいたって楽《たの》しい。

だけど……そんなこと、言《い》えない。

こんな気持《きも》ち……早《はや》くなくなればいいのに……。

そう思《おも》うと、涙《なみだ》があふれてきた。

……っ、どうしよう……泣《な》いてるのがバレたら、晴《はれ》くんをまた困《こま》らせてしまう……。

「……えっと……今日《きょう》はほんとにありがとう……！　また、学校《がっこう》で……！」
それだけ言《い》って、私《わたし》は逃《に》げるように走《はし》った。
早《はや》く、晴《はれ》くんから離《はな》れなきゃ……。
涙《なみだ》が、バレる前《まえ》に……。

失恋《しつれん》【side 晴《はれ》】

「……好《す》き」

観覧車《かんらんしゃ》に揺《ゆ》られながら、空《そら》の口《くち》からこぼれた言葉《ことば》。

「……え？」

一瞬《いっしゅん》、聞《き》きまちがいかと思《おも》った。

でも、空《そら》の瞳《ひとみ》が……いつもとちがったから。

苦《くる》しそうな、焦《こ》がれるような瞳《ひとみ》で見《み》つめられて、俺《おれ》はかんちがいしてしまったんだ。

「それって……どういう意味《いみ》で？」

「あ……あの、ちがうよ……！　晴《はれ》くんのこと、友達《ともだち》として好《す》きってこと……！」

あわてた様子《ようす》で、すぐに否定《ひてい》した空《そら》。

希望《きぼう》は焦《あせ》りに変《か》わり、舞《ま》い上《あ》がりそうになっていた俺《おれ》の心《こころ》は、一瞬《いっしゅん》で冷静《れいせい》になった。

「わ、私《わたし》……ほんとに、晴《はれ》くんには感謝《かんしゃ》してて……その……だから……晴《はれ》くんとは……この先《さき》もずっと、友達《ともだち》でいたいっ……！」

その言葉《ことば》を聞《き》いて、俺《おれ》は確信《かくしん》してしまった。

やっぱり……空《そら》は、気《き》づいてるんだ。

俺《おれ》の……気持《きも》ちに。

だから……俺《おれ》を傷《きず》つけないように、遠回《とおまわ》しに言《い》ったのかな。

俺《おれ》とは……恋人《こいびと》には、なれないって。

「やっぱり……俺《おれ》の気持《きも》ち、バレてたんだ……」

最近空《さいきんそら》の様子《ようす》がおかしかった。

俺《おれ》のことをさけているというか、目《め》が合《あ》わないことが多《おお》くて、あきらかに俺《おれ》に対《たい》しての態度《たいど》だけヘンだったんだ。

最近悩《さいきんなや》んでいるみたいだったし、気《き》のせいだって自分《じぶん》に言《い》い聞《き》かせていたけど……今《いま》の言葉《ことば》で、腑《ふ》に落《お》ちた気《き》がする。

きっと……俺《おれ》の気持《きも》ちに気《き》づいていたから、戸惑《とまど》っていたんだ。

どうすればいいかわからなくて……困《こま》っていたんだと、思《おも》う。

「空《そら》は……俺《おれ》のこと、友達《ともだち》としてしか思《おも》えない？」

あきらめが悪《わる》い俺《おれ》は、すがるようにそう聞《き》いてしまった。

空《そら》は視線《しせん》を落《お》としてから、こくりとうなずいた。

「……そっか」

これは……フラれたって、ことだよね……。

「ありがとう。俺《おれ》も、空《そら》のこと好《す》きだよ」

「……」

「空《そら》が望《のぞ》むなら、ずっと友達《ともだち》でもいい。……そのくらい好《す》きだよ」

どうしてバレてしまったのか、いつから気《き》づいていたのかはわからない。

フラれてしまったけど、それでも自分《じぶん》の気持《きも》ちだけはちゃんと、伝《つた》えておきたかった。

「ごめんね……」

こんなこと言《い》っても、空《そら》を困《こま》らせるだけなのに。

……きっと俺《おれ》、空《そら》にずっと気《き》をつかわせてたんだ……。

友達《ともだち》だと思《おも》ってた相手《あいて》が、自分《じぶん》に恋愛対象《れんあいたいしょう》として好意《こうい》を向《む》けてるってわかって……怖《こわ》かったかな……。

空《そら》のことが大好《だいす》きで、いつだって笑《わら》っていてほしいのに。

そんな相手《あいて》を、苦《くる》しめてたなんて。

「ううん、私《わたし》のほうこそ……ごめん、なさい……」

きっと、気持《きも》ちに応《こた》えられなくてって意味《いみ》だと思《おも》う。

今《いま》すぐに好《す》きになってもらうなんて不可能《ふかのう》だってわかっていたのに、あらためて現実《げんじつ》を突《つ》きつけられると、はりさけそうなほど胸《むね》が痛《いた》んだ。

「えっと……帰《かえ》ろっか？」

「う、うん」

観覧車《かんらんしゃ》を降《お》りて、出口《でぐち》の方向《ほうこう》へ歩《ある》く。

空《そら》、気《き》まずいだろうな……。

どうしよう、せっかく息抜《いきぬ》きにって遊《あそ》びに来《き》たのに……空《そら》にとっては最悪《さいあく》の思《おも》い出《で》になってしまったかもしれない。

「その……ごめん、今日《きょう》、無理矢理《むりやり》誘《さそ》ったみたいになって……」

克服《こくふく》デートだって、一度《いちど》断《ことわ》られたのに……今日《きょう》は俺《おれ》が強引《ごういん》に連《つ》れ出《だ》したようなものだ。

そういえば、デートを断《ことわ》ったのも……俺《おれ》とふたりで出《で》かけるのが、不安《ふあん》だったのかもしれない……。

どれだけ空《そら》に、気《き》をつかわせてしまったんだろう……。

空《そら》のことが好《す》きなのに、何《なに》も気《き》づけなかった……。

「ちが……」

「俺《おれ》、空気読《くうきよ》めないところあるから……もし嫌《いや》なら、嫌《いや》って言《い》ってもいいからね」

俺《おれ》の言葉《ことば》に、空《そら》は動揺《どうよう》した様子《ようす》で視線《しせん》を落《お》とした。

もしかして、今《いま》の言《い》い方《かた》、よくなかったかな……？

ダメだ……何《なに》をしても、裏目《うらめ》に出《で》る……。

俺《おれ》はただ、空《そら》に笑《わら》ってほしくて……笑顔《えがお》でいてくれたら、それだけでいい。

きっと空《そら》は優《やさ》しいから、俺《おれ》へのうしろめたさがあるのかもしれないけど……そんなこと、少《すこ》しも気《き》にしなくていいのに。

どうやったら、それを伝《つた》えられるんだろう。

「……えっと……今日《きょう》はほんとにありがとう……！　また、学校《がっこう》で……！」

走《はし》っていく空《そら》の背中《せなか》を見《み》て、俺《おれ》はどうすることもできなかった。

ひとりきりになって、その場《ば》にしゃがみこむ。

「……何《なに》、やってんだろう」

最低《さいてい》だ……。

ずっと、隠《かく》してきたのに……。

大切《たいせつ》に育《そだ》てて、困《こま》らせないようにって、胸《むね》の中《なか》に留《とど》めておいたのに……。

気持《きも》ちがあふれて、バレて、気《き》をつかわせて……しかも、あんな勢《いきお》いまかせの告白《こくはく》をして……さらに空《そら》を困《こま》らせた。

「空《そら》が俺《おれ》を好《す》きになるなんて、ありえないのに」

はっきりと……フラれてしまった。

やばい、きつい……。

うつむいたまま、前髪《まえがみ》をぎゅっとつかむ。

友達《ともだち》にも戻《もど》れなくて、空《そら》が俺《おれ》から離《はな》れていったら、どうしよう。

そんなの、絶対《ぜったい》に嫌《いや》だ……。

でも、どうすれば……。

俺《おれ》は空《そら》のこと、完全《かんぜん》に友達《ともだち》だと思《おも》うことなんてできない。

空《そら》は俺《おれ》にとって、世界《せかい》で唯一《ゆいいつ》の、大好《だいす》きな

人《ひと》だから。

あきらめるつもりも、あきらめられる気《き》も一切《いっさい》ないけど……この気持《きも》ちを押《お》しつけたくはなかった。

空《そら》も、気《き》まずそうにしていたし……空《そら》のためを思《おも》うなら、今《いま》は距離《きょり》を置《お》いたほうがいいのかな？

いったい、どうするのが正《ただ》しいんだろう……。

考《かんが》えてもわかるわけなくて、取《と》り返《かえ》しのつかないことをした後悔《こうかい》だけが残《のこ》った。

ナイトｏｒヒーロー

昨日《きのう》は……全然《ぜんぜん》眠《ねむ》れなかった……。

『ありがとう。俺《おれ》も、空《そら》のこと好《す》きだよ』

『空《そら》が望《のぞ》むなら、ずっと友達《ともだち》でもいい』

『そのくらい好《す》きだよ』

『ごめんね……』

私《わたし》は昨日《きのう》……晴《はれ》くんにフラれたんだ。

今日《きょう》会《あ》うの、気《き》まずいな……。

教室《きょうしつ》に向《む》かうために廊下《ろうか》を歩《ある》いていると、前《まえ》を歩《ある》いていた人《ひと》たちが振《ふ》り返《かえ》ってこっちを見《み》た。

「君《きみ》、ミスコンに出《で》てた空《そら》ちゃん？」

え……？

「うわ、ほんとだ！」

「俺《おれ》たちステージ見《み》てたんだ！　近《ちか》くで見《み》たら、さらにかわいいね……！」

急《きゅう》に距離《きょり》をつめてきた男《おとこ》の人三人《ひとさんにん》に、一歩《いっぽ》あとずさる。

かわいい……？　な、何《なに》を言《い》ってるんだろう……。

うれしいよりも、戸惑《とまど》いが勝《まさ》った。

「ねえ、連絡先交換《れんらくさきこうかん》しない？」

「あ、あの、ごめんなさい……」

断《ことわ》るのは申《もう》し訳《わけ》なかったけど、初対面《しょたいめん》の人《ひと》と連絡先《れんらくさき》を交換《こうかん》するのは抵抗《ていこう》があった。

「連絡先《れんらくさき》くらいいいじゃん」

「SNS《エスエヌエス》とかやってる？」

「あ、あの……」

どうしよう……なんて言《い》えば、納得《なっとく》してくれるのかわからない……っ。

じっと見《み》られて、怖《こわ》い……。

「──やめろ」

視線《しせん》に耐《た》えきれずにうつむいた時《とき》、背後《はいご》から声《こえ》が聞《き》こえた。

晴《はれ》くん……？

私《わたし》の前《まえ》にすっと立《た》って、男《おとこ》の人《ひと》たちを遠《とお》ざけてくれた晴《はれ》くん。

「うわ……こいつ、ミスターに出《で》てた……」

「ペアだったやつじゃん……もしかして、本当《ほんとう》に付《つ》き合《あ》ってるのか……？」

「ちっ……ナイト気取《きど》りかよ」

晴《はれ》くんを見《み》た男《おとこ》の人《ひと》たちは、顔色《かおいろ》を変《か》えて立《た》ち去《さ》っていった。

残《のこ》された私《わたし》たちの間《あいだ》に、沈黙《ちんもく》が流《なが》れる。

晴《はれ》くん、すごく気《き》まずそうにしてる……と、とにかく、お礼《れい》、言《い》わなきゃ……。

「あ、あの、助《たす》けてありがとう……！」

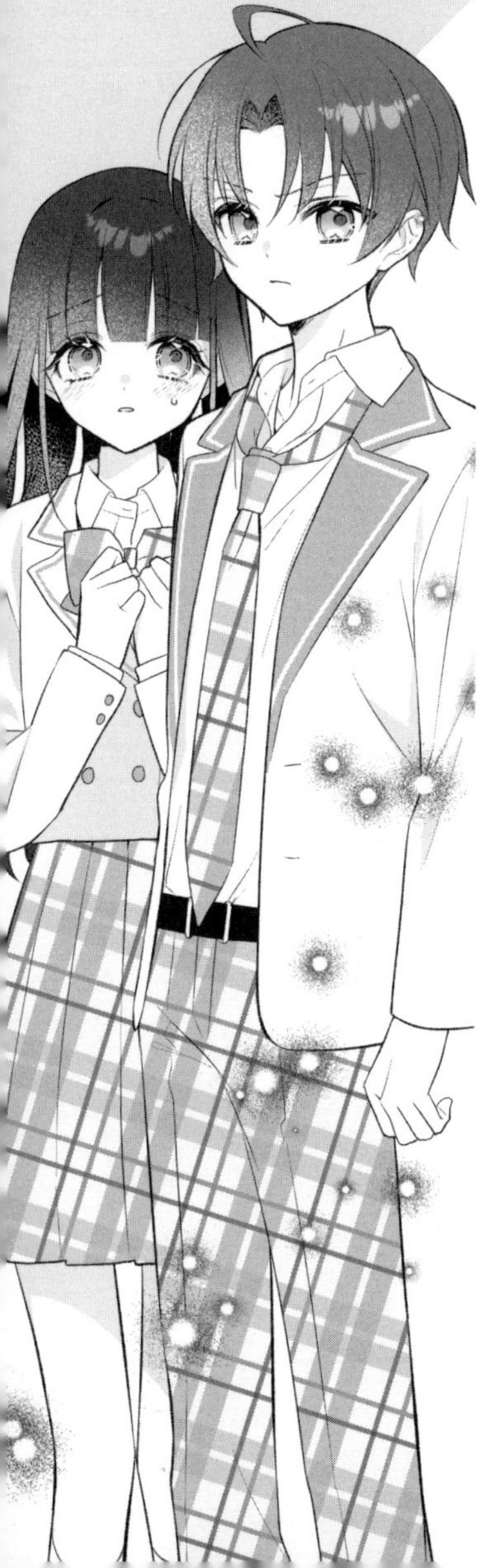

昨日《きのう》もあやしい勧誘《かんゆう》の人《ひと》から助《たす》けてもらって、今日《きょう》も助《たす》けてもらって……。
私《わたし》は晴《はれ》くんに、助《たす》けられてばかりなのに……。
「えっと……お、おはよ」
ぎこちない晴《はれ》くんの笑顔《えがお》に、下唇《したくちびる》をかんだ。
こんな顔《かお》にさせてしまっているのは、私《わたし》なんだ……。
「それじゃあ……俺《おれ》、行《い》くね」
え……？
いつもなら、一緒《いっしょ》に行《い》こっかって言《い》ってくれるはず。
ひとりで歩《ある》いていった晴《はれ》くんを見《み》て、すごく悲《かな》しくなった。
晴《はれ》くんと友達《ともだち》でいたいから、自分《じぶん》の気持《きも》ちを隠《かく》したのに……。
どうして、こんなふうになってしまったんだろう……。
このまま……晴《はれ》くんと気《き》まずくなってしまったら、どうしよう……。
友達《ともだち》でさえもいられなくなったら……。
想像《そうぞう》するだけで、さみしくて苦《くる》しくて、胸《むね》がしめつけられた。

友情《ゆうじょう》と恋《こい》と【side 雷《らい》】

最近《さいきん》、空《そら》と晴《はれ》の様子《ようす》がおかしい。
「晴《はれ》、この資料《しりょう》ある？」
「それは空《そら》の……えっと、空《そら》に聞《き》いてくれる？」
雪《ゆき》の質問《しつもん》に、そう答《こた》えた晴《はれ》。
その瞬間《しゅんかん》、俺《おれ》の疑惑《ぎわく》は確信《かくしん》に変《か》わった。
いつもなら、意地《いじ》でも自分《じぶん》で空《そら》に聞《き》きにいくのに……。
絶対《ぜったい》におかしい。
ここにいる全員《ぜんいん》、ふたりの間《あいだ》に何《なに》かあったたって気《き》づいていた。
空《そら》も、晴《はれ》に対《たい》してじゃっかんよそよそしいし……ほんとになんなんだよ……。
月曜日《げつようび》から、ずっとこの調子《ちょうし》だ。今週《こんしゅう》は仕事《しごと》があって、生徒会《せいとかい》の活動《かつどう》が少《すく》なかったと
はいえ……ふたりの変化《へんか》にはすぐに気《き》づいた。
普段《ふだん》なら、うっとうしいくらい空《そら》にかまってるくせに……。

「みんな、おつかれさまっ……」

漫画《まんが》の仕事《しごと》があるらしく、空《そら》が先《さき》に帰《かえ》った。

晴《はれ》を見《み》ると、小《ちい》さく息《いき》をついている。

まるで、空《そら》がいなくなったことに、安心《あんしん》したみたいに。

……絶対《ぜったい》に絶対《ぜったい》におかしい。

俺《おれ》は晴《はれ》に近《ちか》づいて、「おい」と声《こえ》をかけた。

「え？　何《なに》？」

「お前《まえ》、空《そら》と何《なに》があったんだよ」

俺《おれ》だけじゃなくて、ほかのメンバーも晴《はれ》の答《こた》えが気《き》になっているのか、じっと視線《しせん》を向《む》けていた。

「え……それ、は……」

晴《はれ》はあからさまに気《き》まずそうな顔《かお》をしたあと、悲《かな》しそうに視線《しせん》を下《さ》げた。

「……フラれた」

「「……え？」」

「はぁ!?」

晴《はれ》の口《くち》から飛《と》び出《だ》した言葉《ことば》に、全員《ぜんいん》が目《め》を見開《みひら》いた。

フラれたって……お、おまっ……。

「い、いつの間《ま》に告白《こくはく》したんだよ……！」

空《そら》を困《こま》らせたくないから伝《つた》えないって……言《い》ったのはお前《まえ》だろーが……!!

いつも雲《くも》に文句《もんく》言《い》ってるくせに、お前《まえ》が抜《ぬ》けがけしてんじゃねーよぉ!!

「告白《こくはく》したっていうか……俺《おれ》の態度《たいど》があからさますぎて、バレたみたい……」

怒《おこ》りはおさまってないけど、そういうことかと納得《なっとく》する。

まあ、こいつとくに最近感情《さいきんかんじょう》だだもれだったもんな……。

つーか、フラれたって……断《ことわ》られたってことだよな……。

正直《しょうじき》、俺《おれ》は空《そら》が好《す》きだから、晴《はれ》と空《そら》が付《つ》き合《あ》うのは絶対《ぜったい》に嫌《いや》だけど……つーか俺以外《おれいがい》なんて認《みと》めないけど……それでも晴《はれ》は俺《おれ》にとって、大事《だいじ》な友達《ともだち》でもある。

複雑《ふくざつ》な感情《かんじょう》になって、なんて声《こえ》をかけていいのかわからなくなった。

「……みんなにも気《き》をつかわせて、ごめんね。それに、空《そら》にも……困《こま》らせちゃってるのはわかってるんだ……でも、どう接《せっ》するべきか、わからなくて……」

言葉《ことば》どおり、晴《はれ》の顔《かお》には困惑《こんわく》の色《いろ》が見《み》えた。

「すぐに前《まえ》みたいに戻《もど》れるように努力《どりょく》するから、迷惑《めいわく》かけてごめんね」

くわしいことを聞《き》きたかったけど、これ以上《いじょう》聞かれたくないのか、ノートパソコンを持《も》って立《た》ち上《あ》がった晴《はれ》は、奥《おく》の部屋《へや》に行《い》ってしまった。

おいおい……どうなってんだよ……。

文句《もんく》を言《い》ってやりたいけど……悲《かな》しそうな晴《はれ》の背中《せなか》を見《み》て、何《なに》も言《い》えなくなる。

「なんだか……僕《ぼく》たちが知《し》らない間《あいだ》に、急展開《きゅうてんかい》が起《お》こったみたいだね……」

雪《ゆき》も複雑《ふくざつ》なのか、頭《あたま》を押《お》さえてため息《いき》をついた。

「俺《おれ》も一応《いちおう》フラれてるけどな」

「た、たしかに……」

本人的《ほんにんてき》には無自覚《むじかく》なんだろう雲《くも》の自虐《じぎゃく》に、雨《あめ》が苦笑《にがわら》いしている。

「でも、晴《はれ》があんなふうになるって、よっぽどじゃない……？」

「だな……」

つーか……空《そら》は恋愛《れんあい》とは無縁《むえん》だろうし……誰《だれ》が告《こく》ってもフラれるだろ。

むしろ、今《いま》のところ晴《はれ》が一番好《いちばんす》かれてるんじゃねーかと思《おも》ってるけど……。

「とりあえず、そっと見守《みまも》る……？」

「うん……そうしよう」

雪《ゆき》の言葉《ことば》に、俺《おれ》と雨《あめ》もうなずいた。

くそ……なんか、俺《おれ》までフラれた気分《きぶん》だ……。

晴《はれ》のやつ……抜《ぬ》けがけは許《ゆる》さねーけど、早《はや》く元気《げんき》になりやがれってんだよな……。

あいつが元気《げんき》ないと、こっちもしまらねーし……。

それに、平和主義《へいわしゅぎ》な空《そら》だって、全員《ぜんいん》で仲良《なかよ》くしたいと思《おも》ってるはずだ。

早《はや》くあいつらが元《もと》に戻《もど》れるように、なんかできることがあればしたいけど……雪《ゆき》の言《い》うとおり、ちょっとそっとしておいたほうがいいか……。

俺《おれ》が逆《ぎゃく》の立場《たちば》でも、何《なに》も言《い》われたくねーだろうし。

フラれたって聞《き》いてまじで焦《あせ》ったけど……なんかあらためて、うかうかしてられねーって気《き》づかされた。

空《そら》はメガネ外《はず》したし、ミスコンの一件《いっけん》もあってクラスのやつらにも言《い》い寄《よ》られてるらしい。

別《べつ》に、クラスのやつらはどうでもいいっつーか、晴《はれ》とかスカイライトのやつらに比《くら》べたら敵《てき》じゃないけど……余裕《よゆう》をぶっこいてたら、本当《ほんとう》に誰《だれ》かに持《も》っていかれるかもしれない。

モテすぎなんだよ空《そら》のやつ……。

くそ……お前《まえ》は誰《だれ》にも渡《わた》さないからな……！

心《こころ》の中《なか》でそう叫《さけ》んで、俺《おれ》はふんっと鼻《はな》を鳴《な》らした。

違和感《いわかん》【side炎《えん》】

「空《そら》、おはよう」

教室《きょうしつ》に入《はい》って、真《ま》っ先《さき》に空《そら》のもとに向《む》かう。

「炎《えん》くん、おはよう」

俺《おれ》に向《む》けられた笑顔《えがお》を見《み》て、朝《あさ》から幸《しあわ》せな気持《きも》ちになった。

今日《きょう》もかわいい……。

それに、最近《さいきん》メガネを外《はず》して登校《とうこう》するようになったから……かわいさが倍増《ばいぞう》していた。

メガネをかけていても、どんな空《そら》だってかわいいけど、素顔《すがお》の破壊力《はかいりょく》はすさまじい。

実際《じっさい》、メガネを外《はず》した日《ひ》から、毎日男《まいにちおとこ》に言《い》い寄《よ》られているし……空《そら》にむらがるやつを、
俺《おれ》と天陽《てんよう》と波間《なみま》で必死《ひっし》に追《お》い払《はら》っていた。

まあ、天陽《てんよう》と波間《なみま》なんかいなくても、俺《おれ》ひとりで十分《じゅうぶん》だけど。

「晴《はれ》、おはよ！」

噂《うわさ》をすれば、やっかいなやつが教室《きょうしつ》に入《はい》ってきた。

こいつも俺《おれ》と同《おな》じで、真《ま》っ先《さき》に空《そら》のおはようをもらうのが日課《にっか》だ。

いつものようにこっちにやってくるだろうと思《おも》ったのに、天陽《てんよう》は空《そら》の席《せき》には来《こ》なかった。

それどころか、空《そら》のほうを見《み》もせずに、自分《じぶん》の席《せき》に座《すわ》った。

は……？

……絶対《ぜったい》におかしい。

こいつが空《そら》に近《ちか》づかないとか、地球《ちきゅう》がふっとんでもありえないレベル。

空《そら》のほうを見《み》ると、天陽《てんよう》が来《き》たことに気《き》づいたのか、一瞬《いっしゅん》天陽《てんよう》のほうを見《み》たあと、気《き》まずそうに視線《しせん》をそらしていた。

ふたりの間《あいだ》に何《なに》かあったことは、一目瞭然《いちもくりょうぜん》だった。

でも、その何《なに》かがわからない。

「空《そら》……あのさ……」

「どうしたの？」

「……いや、やっぱり何《なに》もない」

気《き》になって仕方《しかた》なかったけど、聞《き》くのが怖《こわ》くてためらってしまう。

ケンカ……は、ないと思《おも》う。

空《そら》はケンカするようなタイプじゃないし、天陽《てんよう》も……怒《おこ》るタイプじゃない。

でも、だったらなんだ……？

もしかして、告《こく》ってフラれたとか？

一瞬《いっしゅん》そんな考《かんが》えが浮《う》かんだけど、天陽《てんよう》に限《かぎ》ってそれはないだろう。

あいつは、いつも空《そら》のことを考《かんが》えて行動《こうどう》してる。認《みと》めたくないけど、空《そら》が嫌《いや》がることはしないし、そこだけは信頼《しんらい》していた。

……って、敵《てき》を認《みと》めるみたいで、嫌《いや》だけど。

ふたりが気《き》まずくなるのは俺《おれ》としては願《ねが》ったり叶《かな》ったりだけど、心《こころ》の中《なか》にもやがかかったような、複雑《ふくざつ》な感情《かんじょう》になる。

なんだよあいつ、何《なに》したんだよ……。

心配《しんぱい》している自分《じぶん》に気《き》づいて、俺《おれ》は初《はじ》めて、天陽《てんよう》に対《たい》して友情《ゆうじょう》に近《ちか》いものが芽生《めば》えはじめていることに気《き》づいた。

結局《けっきょく》、今日《きょう》はあのふたり、ひとことも話《はな》してなかったな……。

天陽《てんよう》が空《そら》に話《はな》しかけないとか、いっそ不気味《ぶきみ》で気持《きも》ち悪《わる》かった。

クラスメイトたちもふたりの違和感《いわかん》に気《き》づいていたのか、気《き》まずそうにしてたし、クラスの雰囲気《ふんいき》ごとヘンになっていた気《き》がする。

放課後《ほうかご》になって、ダクエレのライブ練習《れんしゅう》をするために事務所《じむしょ》に来《き》た。

休憩時間《きゅうけいじかん》にスマホを触《さわ》っていると、俺《おれ》の隣《となり》に座《すわ》ってきた草《そう》。

「なあ、空元気《そらげんき》にしてる？」

「……」

「無視《むし》せんといてや～。ほんま、あの時《とき》からずっとおこやな」

誰《だれ》がおこだ、気持《きも》ち悪《わる》い。

顔《かお》を合《あ》わせるたびに、空《そら》のことを聞《き》いてくる草《そう》。

スキャンダルが出《で》た時《とき》から、俺《おれ》は草《そう》に怒《おこ》っていた。

俺《おれ》がいないところで空《そら》と会《あ》って、遊《あそ》んで、しかも手《て》ぇ握《にぎ》るとか……とんだ裏切《うらぎ》りものだ。

俺《おれ》が空《そら》のこと好《す》きだって知《し》ってるくせに、こいつ……。

「俺《おれ》も気《き》になってた。元気《げんき》にしてるか？」

鋼《こう》までそんなことを聞《き》いてきて、思《おも》わず舌打《したう》ちしてしまう。

「お前《まえ》ら、空《そら》のこと気《き》に入《い》りすぎ」

草《そう》は百歩《ひゃっぽ》ゆずってわかるけど、鋼《こう》は女子《じょし》が嫌《きら》いだし、いっさい関《かか》わろうとしないくせに……空《そら》のことは気《き》にかけてるし……。

「まさか好《す》きになったとか言《い》わないよな？」

お前《まえ》たちまでライバルになるとか、ごめんだからな。

「……空《そら》は妹《いもうと》みたいなもんやってゆったやろ～」

「……そうだ」

おい、なんだよ今《いま》のじゃっかんの間《ま》は……。

日《ひ》に日《ひ》に過保護《かほご》になっていくふたりに、俺《おれ》の心配《しんぱい》は尽《つ》きなかった。

涙《なみだ》の理由《りゆう》

結局《けっきょく》、あれから晴《はれ》くんとは気《き》まずいまま、平日《へいじつ》が終《お》わってしまった。

あいさつはしているし、晴《はれ》くんもいつもどおりふるまおうとしてくれているのはわかるけど……ふたりで話《はな》す時間《じかん》や、たわいもない会話《かいわ》はなくなった。

最低限《さいていげん》のあいさつと会話《かいわ》だけで、一気《いっき》に距離《きょり》ができた気《き》がする。

もう今《いま》までどおり、晴《はれ》くんと仲良《なかよ》くできないのかな……。

そんな不安《ふあん》が頭《あたま》をよぎるたびに、悲《かな》しくてたまらなくなった。


そして……土曜日《どようび》の今日《きょう》は、幸雄《さちお》さんがうちに来《き》てくれる日《ひ》。

この前約束《まえやくそく》した……手料理《てりょうり》をふるまう日《ひ》だった。

「いらっしゃい！」

「こ、こんにちは、幸雄《さちお》さん……！」

お母《かあ》さんと一緒《いっしょ》に、幸雄《さちお》さんを出迎《でむか》える。

幸雄《さちお》さんは私《わたし》を見《み》て、にっこりと微笑《ほほえ》んでくれた。

「空《そら》ちゃん、メガネ外《はず》したんだね」

あ……そういえば、幸雄《さちお》さんの前《まえ》でメガネを外《はず》すのは初《はじ》めてだっ……。

「実《じつ》は、お母《かあ》さんから学園祭《がくえんさい》の時《とき》の写真《しゃしん》を送《おく》ってもらったんだ。とってもかわいかったよ」

お母《かあ》さん、幸雄《さちお》さんにも見《み》せてたんだ……は、恥《は》ずかしい。

「あ、ありがとうございます……」

「ふふっ、学園祭《がくえんさい》のお話《はなし》もしましょう！　さ、どうぞ上《あ》がって！」

「おじゃまします」

幸雄《さちお》さんは靴《くつ》を脱《ぬ》いで、うちに上《あ》がった。

リビングに案内《あんない》すると、テーブルの上《うえ》を見《み》た幸雄《さちお》さんが、きらきらと目《め》を輝《かがや》かせた。

「わあ、すごいね……！　これ、空《そら》ちゃんの手作《てづく》りなのかい？」

「は、はい……」

この前《まえ》、手料理《てりょうり》を作《つく》らせてもらうって約束《やくそく》したから……お母《かあ》さんから幸雄《さちお》さんの好《す》きなものを聞《き》いて、作《つく》ってみた。

からあげやハンバーグなど、定番《ていばん》の料理《りょうり》も並《なら》べてみたんだ。

作《つく》りすぎてしまったから、きっと一日《いちにち》では食《た》べ切《き》れない。

ローストビーフとか、初《はじ》めて作《つく》ったから、おいしくできたかわからないけど……一生《いっしょう》懸命《けんめい》作《つく》ったから、お口《くち》に合《あ》うといいな……。

「いつも幸雄《さちお》さんが食《た》べさせてくれるようなお店《みせ》のごちそうに比《くら》べたら、全然《ぜんぜん》なんですけど……」

「そんなことないよ……！　こんなごちそうが食《た》べられるなんて、幸《しあわ》せだよ……！」

喜《よろこ》んでくれている幸雄《さちお》さんを見《み》て、がんばってよかったと思《おも》った。

「手料理《てりょうり》なんていつぶりだろう……本当《ほんとう》にうれしいな……」

「空《そら》の料理《りょうり》はとってもおいしいのよ！」

「空《そら》ちゃんは料理《りょうり》もできて、すごいね……！」

「ぜ、全然《ぜんぜん》まだまだです……」

う、うれしいけど恥《は》ずかしい……。

いつもほめられるとどうしていいかわからなくなって、あたふたしてしまう。

「さっそくいただきましょう！」

テーブルに座《すわ》って、みんなで「いただきます」と手《て》を合《あ》わせる。

幸雄《さちお》さんはまずは、からあげにお箸《はし》を伸《の》ばした。

ど、どうかな……。

「ん……！　おいしい……！」

さっき以上《いじょう》に目《め》をきらきらさせた幸雄《さちお》さんに、ほっと一安心《ひとあんしん》した。

よかった……。

「今《いま》まで食《た》べたからあげで、いちばんおいしいよ……！」

そ、それは言《い》いすぎな気《き》がするけどっ……。

「さくさくだし、油《あぶら》っぽくないし……お肉《にく》もやわらかい……！」

「ふふっ、幸雄《さちお》さん、コメンテーターみたいね」

「空《そら》ちゃん、お店出《みせだ》せるよ……！」

「あ、ありがとうございますっ……」

怒涛《どとう》のほめ倒《だお》しに、たじたじになってしまう。

「このサラダもおいしい……！」

「ドレッシングも空《そら》が作《つく》ってるのよ」

「すごいね……！」

「ふふっ、あたしも鼻《はな》が高《たか》いわ～」

ほめてもらうと反応《はんのう》に困《こま》ってしまうけど、お母《かあ》さんも幸雄《さちお》さんも楽《たの》しそうっ……。

ホームパーティー、提案《ていあん》してよかった……。


「はぁ～、おいしかったぁ……」

か、完食《かんしょく》……。

きれいになったテーブルの上《うえ》を見《み》て、驚《おどろ》きを隠《かく》せない。

あの量《りょう》を食《た》べてしまうなんて……幸雄《さちお》さんの胃袋《いぶくろ》、すごいっ……。

「ごちそうさま。本当《ほんとう》においしかったよ……！」

「あ、ありがとうございます。そう言《い》っていただけて、うれしいです」

手料理《てりょうり》で喜《よろこ》んでもらえるなら、いつでも食《た》べに来《き》てほしい……。

……あっ。

そうだ……今日《きょう》、ちゃんと言《い》おうって決《き》めたんだ。

男《おとこ》の子《こ》恐怖症《きょうふしょう》が、治《なお》ったってこと……。

「あ、あの……」

「ん？　どうしたの？」

幸雄《さちお》さんとお母《かあ》さんが、私《わたし》のほうを見《み》た。

言《い》うんだ、私《わたし》……。

覚悟《かくご》を決《き》めた、その時《とき》だった。

『うん、言《い》えるといいね。空《そら》ならきっと大丈夫《だいじょうぶ》だよ』

あ……。

私《わたし》の背中《せなか》をそっと押《お》してくれた、晴《はれ》くんの言葉《ことば》を思《おも》い出《だ》した。

……とたん、なぜか涙《なみだ》があふれだした。

「え？　そ、空《そら》……!?」

「空《そら》ちゃん、どうしたんだい……!?」

急《きゅう》に泣《な》き始《はじ》めた私《わたし》を見《み》て、お母《かあ》さんと幸雄《さちお》さんが取《と》り乱《みだ》している。

「あ……ご、ごめんなさい……」

自分《じぶん》でも、涙《なみだ》が出《で》たことに驚《おどろ》いた。

「どうして謝《あやま》るの？　何《なに》か嫌《いや》なことでもあった？」

お母《かあ》さん以上《いじょう》に取《と》り乱《みだ》している幸雄《さちお》さんに、申《もう》し訳《わけ》ない気持《きも》ちになった。

「ぼ、僕《ぼく》、もう帰《かえ》ったほうが……」

立《た》ち上《あ》がろうとした幸雄《さちお》さんの腕《うで》を、思《おも》わずつかんでいた。

「え？　空《そら》ちゃん……？」

「さ、幸雄《さちお》さんのせいじゃないんです……急《きゅう》に、お友達《ともだち》のこと、思《おも》い出《だ》して……」

晴《はれ》くんの、優《やさ》しさを……。

もう、前《まえ》みたいな関係《かんけい》じゃ、いられないのかな……。

どうやったら、もとに戻《もど》れるんだろう……。

「大丈夫《だいじょうぶ》よ、空《そら》」

お母《かあ》さんが、そっと私《わたし》のことを抱《だ》きしめてくれた。

「うん、泣《な》きたい時《とき》は、泣《な》いてもいいからね」

優《やさ》しい声《こえ》に、ますます涙《なみだ》が止《と》まらなくなってしまう。

「そうだよ。泣《な》いてもいいんだ」

幸雄《さちお》さん……。

「あの……次《つぎ》に、会《あ》った時《とき》……話《はな》したいことがあって……聞《き》いてくれますか」

今《いま》は涙《なみだ》でぐちゃぐちゃで、ちゃんと伝《つた》えられそうにないけど……次《つぎ》はきっと、言《い》えるようにがんばるから……。

私《わたし》の言葉《ことば》に、幸雄《さちお》さんはにっこりと微笑《ほほえ》んでくれた。

「もちろん」

ふたりの優《やさ》しさに、胸《むね》いっぱいに広《ひろ》がっていた悲《かな》しみが、少《すこ》しずつ消《き》えていく。

お母《かあ》さんは、いつだって私《わたし》のことを温《あたた》かく見守《みまも》ってくれる。

幸雄《さちお》さんも……出会《であ》ってから、私《わたし》のことを本当《ほんとう》の家族《かぞく》のように心配《しんぱい》してくれて、優《やさ》しく接《せっ》してくれる。

お父《とう》さんって、こういう感《かん》じなのかな……。

ふたりがくれる確《たし》かな愛情《あいじょう》に、心《こころ》から感謝《かんしゃ》した。

涙《なみだ》が止《と》まるまで、少《すこ》しだけ時間《じかん》がかかったけど、ふたりは静《しず》かに見守《みまも》っていてくれた。

好《す》きって気《き》持《も》ち

次《つぎ》の日《ひ》の日曜日《にちようび》。
今日《きょう》は……新連載《しんれんさい》の、プロットの締《し》め切《き》り日《び》だった。
まだ全然《ぜんぜん》書《か》けてない……こんなの初《はじ》めてだ……。
せっかく晴《はれ》くんに、遊園地《ゆうえんち》に付《つ》き合《あ》ってもらったのに……。
あの日《ひ》のことを考《かんが》えると、脳裏《のうり》に浮《う》かぶのは晴《はれ》くんの悲《かな》しそうな表情《ひょうじょう》ばかりだった。
こんな気持《きも》ちで、恋愛漫画《れんあいまんが》なんて描《か》けそうにない……。
でも……もう日付《ひづけ》が変《か》わるまで、あと五時間《ごじかん》しかない……。
このままじゃ、ダメだ……。
いつまでも落《お》ちこんで、仕事《しごと》が手《て》につかないなんて……プロ失格《しっかく》。
それに……できないことを、晴《はれ》くんとの関係《かんけい》のせいにしたくない。
SNS《エスエヌエス》を開《ひら》いた時《とき》、スカイライトの「ハレ」くんの投稿《とうこう》が流《なが》れてきた。
【今《いま》から雑談配信《ざつだんはいしん》します】

晴《はれ》くん、今配信中《いまはいしんちゅう》なんだ……。

気《き》まずい中《なか》でこっそり配信《はいしん》を見《み》るのは、なんだか悪《わる》いことをしている気分《きぶん》になる。

閉《と》じようと思《おも》ったけど、まちがえてＵＲＬ《ユーアールエル》に指《ゆび》がふれてしまった。

あっ……は、配信開《はいしんひら》いちゃった……！

『最近質問《さいきんしつもん》コーナーとかお悩《なや》み相談《そうだん》とか、全然《ぜんぜん》できてなくてごめんね』

晴《はれ》くんの声《こえ》に、思《おも》わずドキッとする。

やわらかくて、でも芯《しん》のある声《こえ》。晴《はれ》くんの真面目《まじめ》で頼《たの》もしくて、優《やさ》しい性格《せいかく》が全部声《ぜんぶこえ》に表《あらわ》れてる。

『ということで、今日《きょう》はお悩《なや》み相談《そうだん》のほうやっていくね。メッセージいっぱい届《とど》いてたから、全部《ぜんぶ》は答《こた》え切《き》れないかもしれないけど、順番《じゅんばん》に答《こた》えていきます』

なんだか、盗《ぬす》み聞《ぎ》きしてるような気分《きぶん》……。

でも……もう少《すこ》しだけ、晴《はれ》くんの声《こえ》が、聞《き》きたい……。

『えっと……友達《ともだち》とケンカしました、どうやって仲直《なかなお》りすればいいですか。……か、うーん……むずかしいな……実《じつ》は俺《おれ》も、今大切《いまたいせつ》な友達《ともだち》とギクシャクしてて……』

え……？

私《わたし》のこと……じゃないよね、きっと……。

うん、自意識過剰《じいしきかじょう》だ……。

『クラスも委員会《いいんかい》も一緒《いっしょ》だから、もちろんあいさつはしてるけど、今《いま》までどおりにふるまえなくて……』

もしかして……本当《ほんとう》に、私《わたし》のこと……？

晴《はれ》くん……。

『全部俺《ぜんぶおれ》が悪《わる》いんだけど……その子《こ》のために、どうするのが正解《せいかい》か、わからないんだ……』

まるで、私《わたし》の悩《なや》みに答《こた》えてもらえた気持《きも》ちになった。

『むずかしいよね……でも、君《きみ》が仲直《なかなお》りしたいと思《おも》ってる、その気持《きも》ちが大事《だいじ》だと思《おも》うよ』

晴《はれ》くんも……私《わたし》と前《まえ》みたいに戻《もど》りたいって、思《おも》ってくれてるのかな……？

そうだと、いいな……。

私《わたし》も、晴《はれ》くんと今《いま》までみたいに仲良《なかよ》くできるなら……ずっと友達《ともだち》でいい。

好《す》きになってほしいとか、恋人《こいびと》になりたいなんて思《おも》わない。

この気持《きも》ちはちゃんと捨《す》てるから……。

前《まえ》みたいな関係《かんけい》に、戻《もど》りたいな……。

『空《そら》！』

いつもの、優《やさ》しい笑顔《えがお》が見《み》たい。

……サボってる場合《ばあい》じゃない。

私《わたし》はスマホの画面《がめん》を消《け》して、パソコンを開《ひら》いた。

晴《はれ》くんが、配信《はいしん》をがんばっているんだ……

私《わたし》だって、がんばらなきゃ。

私《わたし》はできないことばかりだし、なんでもできる晴《はれ》くんの隣《となり》にはふさわしくないかもしれないけど……せめて、努力《どりょく》したい。

自信《じしん》を持《も》って、晴《はれ》くんと並《なら》べる友達《ともだち》になりたいから。

ふぅ……と息《いき》をついて、パソコンの電源《でんげん》を入《い》れる。

書《か》かなきゃ……。

私《わたし》は漫画家《まんがか》そらいろ。

スカイライトの専属《せんぞく》イラストレーターなんだ。

……がんばっているみんなに、追《お》いつきたい。

恋愛《れんあい》がわからないなんて、言《い》い訳《わけ》だ。

今《いま》の私《わたし》になら、わかるはずなんだから。

恋《こい》をする苦《くる》しさも、好《す》きな人《ひと》がきらきらして見《み》える気持《きも》ちも……。

——大好《だいす》きで、仕方《しかた》ないって気持《きも》ちも。


「……で、できたっ……」

文章《ぶんしょう》を見直《みなお》して、すぐにファイルを真島《まじま》さんのアドレスに送信《そうしん》する。

送《おく》ったメッセージに記《しる》されていた送信時間《そうしんじかん》は、「23:53」になっていた。

ぎりぎり間《ま》に合《あ》った……それに、いいものが、できたっ……。

自分《じぶん》の中《なか》でも納得《なっとく》のいくプロットができて、久《ひさ》しぶりに手応《てごた》えを感《かん》じた。

ふらふらと立《た》ち上《あ》がって、ベッドに横《よこ》になる。

最近《さいきん》ずっと、プロットが書《か》けないことに悩《なや》んでいたから……仕上《しあ》げることができて、本《ほん》当《とう》によかった……。

力《ちから》尽《つ》きるように、私《わたし》はそのまま眠《ねむ》りについた。

わからない

ち、遅刻《ちこく》ぎりぎりだっ……！
昨日《きのう》はぐっすり眠《ねむ》りすぎて、目《め》が覚《さ》めたら七時《しちじ》を過《す》ぎていた。
朝《あさ》ごはんとお弁当《べんとう》を作《つく》ってお母《かあ》さんを起《お》こして、急《いそ》いで準備《じゅんび》をした。
こんなにギリギリに登校《とうこう》するの、初《はじ》めてだっ……。
いつも余裕《よゆう》を持《も》って行動《こうどう》するようにしていたから、時計《とけい》を見《み》るたびにひやひやした。
なんとか間《ま》に合《あ》って、教室《きょうしつ》に入《はい》る。
よかった……。
ふぅ……と一息《ひといき》ついて顔《かお》を上《あ》げた時《とき》、日誌《にっし》を持《も》った晴《はれ》くんがいた。
晴《はれ》くんも、勢《いきお》いよく入《はい》ってきた私《わたし》を見《み》てびっくりしている。
「は、晴《はれ》くん……お、おはようっ……」
「おはよう……空《そら》、大丈夫《だいじょうぶ》？　この時間《じかん》に来《く》るの、めずらしいよね？」
あ……。

晴《はれ》くん、いつもどおりだ……。

──キーンコーンカーンコーン。

私《わたし》も返事《へんじ》をしなきゃと思《おも》った時《とき》、チャイムが鳴《な》った。

「ちょっと、寝坊《ねぼう》しちゃって……」

「そっか」

「……」

「……」

「そ、それじゃあ、また」

気《き》まずさに耐《た》えきれなくて、そう言《い》って自分《じぶん》の席《せき》に着《つ》いた。

晴《はれ》くんと、このままぎくしゃくした状態《じょうたい》は嫌《いや》だけど、何《なに》を話《はな》せばいいのかわからない……。

好意《こうい》を寄《よ》せられてるってわかって、晴《はれ》くんはもう私《わたし》とは話《はな》したくないかもしれないし……。

だけど、このままじゃ何《なに》も変《か》わらないどころか、状況《じょうきょう》が悪化《あっか》する一方《いっぽう》だ。

友達《ともだち》として、今《いま》までどおりでいたいっていうのは……私《わたし》のわがままだよね……。

そう思《おも》うと、自然《しぜん》とため息《いき》がこぼれた。

結局《けっきょく》その日《ひ》も、晴《はれ》くんと話《はな》さないまま放課後《ほうかご》になってしまった。

さみしい気持《きも》ちもあるけど、ほっとしている自分《じぶん》もいて、感情《かんじょう》が迷子《まいご》になっている。

今日《きょう》は、生徒会《せいとかい》もお休《やす》みだ……HR《ホームルーム》が終《お》わったらまっすぐ家《いえ》に帰《かえ》ろう。

そう思《おも》いながら、先生《せんせい》の話《はなし》に耳《みみ》をかたむける。

「それじゃあ、みんな気《き》をつけて帰《かえ》るように。……あ、そうだ！　日直《にっちょく》のふたり、プリントの整理手伝《せいりてつだ》ってくれないか？」

先生《せんせい》の言葉《ことば》に、日直《にっちょく》の女《おんな》の子《こ》が手《て》でバツを作《つく》った。

「塾《じゅく》があるので無理《むり》です！」

「じゃあ、葉山《はやま》の次《つぎ》……日和《ひより》、悪《わる》いけど頼《たの》んだ！」

え……私《わたし》？

ちょっと待《ま》って……今日《きょう》の日直《にっちょく》って……晴《はれ》くんだよね……？

「え、っと……」

「なんだ？　日和《ひより》も用事《ようじ》か？」

「い、いえ……」

ウソはつけなくて、そう言《い》って視線《しせん》を下《さ》げた。

「なら、頼《たの》んだぞ！」

号令《ごうれい》が終《お》わって、ぞろぞろクラスメイトが帰《かえ》っていく。

「空《そら》、バイバイ！」

「バイバイ海《うみ》ちゃん！」

「ちっ……本当《ほんとう》は俺《おれ》が一緒《いっしょ》に居残《いのこ》りたいけど、今日《きょう》集《あつ》まりがあるから残《のこ》れないんだ……天《てん》陽《よう》とふたりきりとか……」

「き、気《き》にしないでっ……炎《えん》くんもがんばってね！」

私《わたし》はみんなに手《て》を振《ふ》って、先生《せんせい》に頼《たの》まれたプリントの山《やま》を見《み》る。

うしろの席《せき》から、晴《はれ》くんも歩《あゆ》み寄《よ》ってきた。

「ごめんね、日直《にっちょく》じゃないのに手伝《てつだ》ってもらって……仕事《しごと》が忙《いそが》しかったら、俺《おれ》ひとりでするから言《い》ってね」

その言葉《ことば》に、ずきりと胸《むね》が痛《いた》む。

晴《はれ》くんは……私《わたし》とふたりは、やっぱり嫌《いや》かな……。

って、悩《なや》んでても意味《いみ》ない……早《はや》く終《お》わらせようっ……。

晴《はれ》くんも帰《かえ》りたいだろうし、できるだけ気《き》まずくならないように、かつテキパキ作業《さぎょう》をするぞ……！

小《ちい》さく深呼吸《しんこきゅう》した時《とき》、ポケットの中《なか》のスマホが震《ふる》えた。

ん？　こんな時間《じかん》に誰《だれ》からだろう……？　お母《かあ》さんかな？

確認《かくにん》すると、担当《たんとう》の真島《まじま》さんからの連絡《れんらく》だった。

【おつかれさまです！】

【プロット読《よ》ませていただきました！　本当《ほんとう》に面白《おもしろ》かったです……！　このままでも十分《じゅうぶん》、連載会議《れんさいかいぎ》に通《とお》りそうです！】

「あっ……」

うれしくて、思《おも》わず声《こえ》がもれる。

「どうしたの？」

不思議《ふしぎ》そうに私《わたし》を見《み》ている晴《はれ》くんに、笑顔《えがお》で伝《つた》えた。

「あのね……漫画《まんが》のプロット、うまくいったみたいで……」

私《わたし》の言葉《ことば》を聞《き》いて、晴《はれ》くんはぱあっと顔《かお》を明《あか》るくした。

「そうなの？　よかったっ……」

まるで、自分《じぶん》のことのように喜《よろこ》んでくれる晴《はれ》くんに胸《むね》がつまる。

「おめでとう。がんばりが認《みと》められて、よかったね」

晴《はれ》くん……。

こんなに喜《よろこ》んでくれるってことは……まだ友達《ともだち》だと思《おも》ってくれてるって、考《かんが》えてもいいのかな……。

「ううん、晴《はれ》くんのおかげだよ……」

「俺《おれ》は何《なに》も……ていうか、ごめんね、この前《まえ》は……」

だんだんと、暗《くら》い表情《ひょうじょう》に変《か》わった晴《はれ》くん。

「わ、私《わたし》のほうこそ……」

どうしよう……。

「空《そら》は何《なに》も悪《わる》くないよ。俺《おれ》が……」

私《わたし》……晴《はれ》くんに、こんな顔《かお》させたいわけじゃなくて……。

「……あの、やっぱり残《のこ》りは俺《おれ》がするよ」

「え……？」

カチッと、プリントの角《かど》をとめた音《おと》が響《ひび》いた。

「だから、空《そら》はもう帰《かえ》って大丈夫《だいじょうぶ》だよ」

「……」

「気《き》にしないで。ね？」

晴《はれ》くんの笑顔《えがお》はいつもの優《やさ》しい笑顔《えがお》だったけど、どこか切《せつ》なそうに見《み》えた。

晴《はれ》くんはやっぱり……今《いま》は私《わたし》と、話《はな》したくないのかもしれない……。

そう思《おも》うと、それ以上何《いじょうなに》も言《い》えなくなってしまった。

「……う、うん……わかった……」

それだけ言《い》って、私《わたし》は教室《きょうしつ》を出《で》た。

とぼとぼと、廊下《ろうか》を歩《ある》く。

晴《はれ》くん……悲《かな》しそうな顔《かお》してたな……。

『ありがとう。俺《おれ》も、空《そら》のこと好《す》きだよ』

『空《そら》が望《のぞ》むなら、ずっと友達《ともだち》でもいい』

『そのくらい好《す》きだよ』

あの日《ひ》の晴《はれ》くんの言葉《ことば》を思《おも》い出《だ》す。

晴《はれ》くんは、ああ言《い》ってくれたけど……やっぱり、自分《じぶん》に恋愛感情《れんあいかんじょう》を持《も》っている相手《あいて》と、今《いま》までどおり友達《ともだち》でいるのはむずかしいかな……？

私《わたし》と一緒《いっしょ》にいるのは、気《き》まずいかな……。

だけど、さっき喜《よろこ》んでくれた姿《すがた》を見《み》て……嫌《きら》われたわけではないんじゃないかって、思《おも》ってしまう……。

晴《はれ》くんは……私《わたし》と、どういう関係《かんけい》でいたいって思《おも》ってるだろう……。

今《いま》までどおり……？　それとも、スカイライトのメンバーと、イラストレーターとして……最低限《さいていげん》の会話《かいわ》だけで、とどめたいのかな……。

「……空《そら》？」

……この声《こえ》は……。

名前《なまえ》を呼《よ》ばれて振《ふ》り返《かえ》ると、そこには海《うみ》ちゃんがいた。

「プリントの整理《せいり》で残《のこ》ってたんじゃなかったっけ……？」

「えっと……早《はや》く、終《お》わって……」

「え！　あたしもなの！」

「一緒《いっしょ》に帰《かえ》ろ！」と言《い》って、海《うみ》ちゃんが私《わたし》の隣《となり》に来《き》てくれた。

「うんっ……」

「……あれ？　空《そら》……どうしたの？」

え……？

「なんか、表情《ひょうじょう》が暗《くら》いというか……何《なに》かあった？」

図星《ずぼし》をつかれて、ドキッとした。

海《うみ》ちゃんって、人《ひと》の変化《へんか》にするどいというか……観察力《かんさつりょく》がすごいんだろうな。

私《わたし》が晴《はれ》くんを好《す》きになったことも、いち早《はや》く気《き》づいてた。

「う、ううん、何《なに》もないよ」

こんなこと話《はな》しても困《こま》らせるだけだろうと思《おも》って、笑顔《えがお》でごまかす。

だけど、海《うみ》ちゃんはじっと私《わたし》を見《み》つめたまま動《うご》かない。

「う、海《うみ》ちゃん？　どうしたの？」

「……ねえ、空《そら》……」

真剣《しんけん》な顔《かお》して、ほんとにどうしたんだろう……？

「ちょっと話《はな》さない？」

海《うみ》ちゃんの言葉《ことば》に、私《わたし》は首《くび》をかしげた。

それぞれの恋《こい》のゆくえ

「ちょっと話《はな》さない？」

海《うみ》ちゃんにそう言《い》われて、中庭《なかにわ》のベンチに来《き》た。

たまに、みんなでお昼《ひる》ごはんを食《た》べている場所《ばしょ》だ。

「どうしたの？　何《なに》かあった……？」

あらたまって話《はなし》なんて……なにか悩《なや》み事《ごと》かな……？

海《うみ》ちゃんにはいつもお世話《せわ》になってばかりだから、力《ちから》になれることがあるなら聞《き》きたい。

「ううん、あたしの話《はなし》じゃなくて……」

暗《くら》い表情《ひょうじょう》の海《うみ》ちゃんが、私《わたし》を見《み》て悲《かな》しそうに微笑《ほほえ》んだ。

「空《そら》、最近《さいきん》ずっと、元気《げんき》ないよね」

「え……？」

「なんていうか……無理《むり》してる感《かん》じがずっとあって……たぶん、天陽《てんよう》のことで悩《なや》んでるのかなって思《おも》ったんだけど……」

……っ、まただ……。

どうして海《うみ》ちゃんには、全部《ぜんぶ》わかっちゃうんだろう……。

困《こま》ってしまって、ははっとかわいた笑《え》みがあふれる。

「実《じつ》は……フラれちゃった、というか……」

「……え？」

私《わたし》の言葉《ことば》に、海《うみ》ちゃんは驚《おどろ》いていた。

「ちょっと待《ま》って……何《なに》がなんだか……えっと、まず、告白《こくはく》したってこと？」

そういえば……はっきりと言《い》ったわけじゃない。

「告白《こくはく》はしてないけど……間接的《かんせつてき》に、フラれたというか……」

「絶対《ぜったい》におかしい……」

海《うみ》ちゃん……？

「なんか、お互《たが》いに誤解《ごかい》してたりしない？」

「誤解《ごかい》……？」

「あいつも、ずっとヘンだし……って、あたし、何言《なにい》ってるんだろう……えっと……」

どうしたんだろう……？

百面相《ひゃくめんそう》している海《うみ》ちゃんを見《み》て、私《わたし》のほうが心配《しんぱい》になった。

「えっと、誤解《ごかい》……があるかどうかは、わからないけど……私《わたし》の気持《きも》ちが晴《はれ》くんに、迷《めい》惑《わく》をかけちゃってて……」

それだけは、たしかだ。

「私《わたし》もどう接《せっ》していいのかわからなくて、ずっと気《き》まずい状態《じょうたい》が続《つづ》いてて……」

この状況《じょうきょう》を、どうしていいのかもわからない。

「空《そら》……」

私《わたし》を見《み》て、苦《くる》しそうに顔《かお》をゆがめた海《うみ》ちゃん。

何《なに》か言《い》いたそうな表情《ひょうじょう》をしたあと、固《かた》く口《くち》をつぐんで、また開《ひら》いて……それを繰《く》り返《かえ》している。

本当《ほんとう》にどうしたんだろう……？

「……あたしの、バカ」

ぼそっと、海《うみ》ちゃんが何《なに》かつぶやいた。

「ごめんね、あたし、自分勝手《じぶんかって》だったの」

「え？」

「空《そら》のこととられたくなかったから……あの時《とき》、背中押《せなかお》してあげられなかった」

海《うみ》ちゃん、何《なに》を言《い》ってるんだろう……？

意味《いみ》がわからなくて顔《かお》を上《あ》げると、そこには今《いま》にも泣《な》き出《だ》しそうな、海《うみ》ちゃんがいた。

「でも、そんな悲《かな》しそうな空《そら》、見《み》てられない」

悲《かな》しそうな顔《かお》をしているのは、海《うみ》ちゃんのほうだよ……？

「もし、もしもね……」

海《うみ》ちゃんはぎゅっと下唇《したくちびる》をかみしめたあと、もう一度口《いちどくち》を開《ひら》いた。

「あたしが空《そら》のこと好《す》きだって言《い》ったら、どうする？」

……え？

そんなの、もちろん決《き》まってる。

「うれしいよ！」

「そうじゃなくて……れ、恋愛対象《れんあいたいしょう》として」

海《うみ》ちゃんが、私《わたし》を？

私《わたし》が晴《はれ》くんを好《す》きな意味《いみ》でってことだよね……？

「迷惑《めいわく》だって、思《おも》う？」

恐《おそ》る恐《おそ》る聞《き》いてきた海《うみ》ちゃんに、あわてて首《くび》を左右《さゆう》に振《ふ》った。

「え……！　思《おも》うわけないよ……！」

きっとたとえ話《ばなし》だろうけど、もし海《うみ》ちゃんにそういう意味《いみ》で好《す》きだって言《い》われても、
迷惑《めいわく》なんて絶対《ぜったい》に思《おも》わない。

それだけは、断言《だんげん》できた。

「だったら、あいつだってそうだよ」

「……え？」

「迷惑《めいわく》なんて、思《おも》ってるわけない」

海《うみ》ちゃんの言《い》う〝あいつ〟が晴《はれ》くんのことだって、すぐにわかった。

「空《そら》の気持《きも》ちを迷惑《めいわく》だって思《おも》って、気《き》まずくなるような態度《たいど》とるやつだと思《おも》う……？」

「……」

……ううん、思《おも》わない。

晴《はれ》くんは、きっと友達《ともだち》が何《なに》をしても、笑顔《えがお》で許《ゆる》せる人《ひと》だと思《おも》う。

今《いま》まで、晴《はれ》くんにはこれでもかってくらい、優《やさ》しさをもらった。

私《わたし》は晴《はれ》くんほど、誰《だれ》にでも平等《びょうどう》に優《やさ》しくできる人《ひと》を知《し》らないし、晴《はれ》くんのそういうところに惹《ひ》かれたんだ。

そんなことしない人《ひと》だっていうのは、わかってる。だけど……。

『ごめんね』

晴《はれ》くんがあんなふうに、悲《かな》しそうな顔《かお》をする理由《りゆう》が……それ以外《いがい》に思《おも》いつかない……。

私《わたし》の気持《きも》ちを知《し》って、どうしていいかわからなくて、気《き》まずくなったとしか……考《かんが》えられないんだ……。

「ちゃんと、話《はな》し合《あ》ったほうがいいんじゃないかな」

たしかに……海《うみ》ちゃんの言《い》うとおりだとも思《おも》う。

でも……。

「この気持《きも》ちが消《き》えるまでは、私《わたし》から晴《はれ》くんに話《はな》しかけないほうがいいって思《おも》ってるの……」

私《わたし》……せっかく海《うみ》ちゃんがアドバイスしてくれてるのに、「だけど」とか「でも」ばっかり……。

「また、迷惑《めいわく》かけちゃうかもしれないし……」

ほんとに……言《い》い訳《わけ》、ばっかりだ……。

「だーかーら、そんなふうに思《おも》うわけないって言《い》ってるでしょ！」

海《うみ》ちゃんが、大《おお》きな声《こえ》をあげた。

怒《おこ》ってるわけじゃなさそうだけど、ビシッと指《ゆび》をさして私《わたし》を見《み》つめている。

「あいつの味方《みかた》なんてしたくないし、するつもりもないけど……あいつは告白《こくはく》されて気《き》まずいからって、友達《ともだち》にあんな態度《たいど》とるやつじゃない！　空《そら》もそこは認《みと》めるんでしょ？」

「……う、うんっ」

「空《そら》は……このままでもいいの？」

え……？

「理由《りゆう》もはっきりさせずに……気《き》まずいままの関係《かんけい》が続《つづ》いても、いいの？」

そ、れは……。

「あたしは嫌《いや》だ」

私《わたし》が答《こた》えるよりも先《さき》に、海《うみ》ちゃんがそう言《い》った。

「え……？」

「空《そら》がずっと……そんな暗《くら》い顔《かお》してるの、嫌《いや》だよ」

海《うみ》、ちゃん……。

「あの時《とき》背中《せなか》を押《お》してあげられなかったあたしのせいだから……今度《こんど》はちゃんと、応援《おうえん》するから」

あの時《とき》って……？

海《うみ》ちゃんがいったい、どの時《とき》のことを言《い》っているのかはわからない。

だけど私《わたし》を見《み》る海《うみ》ちゃんの表情《ひょうじょう》は、なぜだかすごく苦《くる》しそうに見《み》えた。

苦《くる》しそうっていうより……悔《く》やんでるように見《み》えたんだ。

「ちゃんと全部《ぜんぶ》、あいつに言《い》えばいいのよ」

「全部《ぜんぶ》……？」

「空《そら》は天陽《てんよう》と、何《なに》を話《はな》したい？」

「……」

私《わたし》は……。

「好《す》きって、ちゃんと言《い》って……きっぱりフッてもらって……友達《ともだち》に、戻《もど》りたい……」

ぽろっと、口《くち》からこぼれた答《こた》え。

「晴《はれ》くんのこと、友達《ともだち》としても大好《だいす》きだから……このままは、嫌《いや》だ……っ」

そうだ……。

これが――ウソ偽《いつわ》りない、私《わたし》の本音《ほんね》だ。

私《わたし》の答《こた》えを聞《き》いた海《うみ》ちゃんは、満足《まんぞく》げに微笑《ほほえ》んだ。

「じゃあ、そのまま伝《つた》えておいで。大丈夫《だいじょうぶ》。あいつは全部《ぜんぶ》受《う》け止《と》めてくれるよ」

「仲直《なかなお》り……できるかな」

「うん」

海《うみ》ちゃんの手《て》が、そっと私《わたし》のほうに伸《の》びてくる。

優《やさ》しく頭《あたま》をなでられて、顔《かお》を上《あ》げた。

「絶対大丈夫《ぜったいだいじょうぶ》だよ!」

優《やさ》しい笑顔《えがお》に、ずっと心《こころ》の中《なか》にあった不安《ふあん》が薄《うす》れていく。

「それに……」

え……?

突然私《とつぜんわたし》のほっぺたをつまんで、にこっと笑《わら》った海《うみ》ちゃん。

「空《そら》は笑顔《えがお》が、一番《いちばん》かわいいんだから!」

海《うみ》ちゃん……。

はげましてくれる海《うみ》ちゃんの優《やさ》しさに、下唇《したくちびる》をきゅっとかみしめる。

「ありがとう……」

晴《はれ》くんもだけど……海《うみ》ちゃんだって、私《わたし》にとってヒーローみたいな存在《そんざい》だ。

いつだって守《まも》ってくれて、助《たす》けてくれて……。

今《いま》だって、背中《せなか》を押《お》してくれる……心強《こころづよ》い存在《そんざい》。

……よし。

覚悟《かくご》を決《き》めて、私《わたし》はベンチから立《た》ち上《あ》がった。

「私《わたし》、行《い》ってくる」

晴《はれ》くんと……ちゃんと話《はな》すんだ。

「……っ、待《ま》って！　空《そら》！」

海《うみ》ちゃんの声《こえ》が聞《き》こえて、足《あし》を止《と》めた。

振《ふ》り返《かえ》ると、真剣《しんけん》な表情《ひょうじょう》をした海《うみ》ちゃんと視線《しせん》がぶつかる。

「あたし、あきらめないから！」

「え？」

「だから……」

にこっと、まぶしい笑顔《えがお》を浮《う》かべた海《うみ》ちゃん。

「がんばれ！」

海《うみ》ちゃん……。

「うん、がんばる……！」

私《わたし》は返事《へんじ》をして、再《ふたた》び走《はし》りだした。

晴《はれ》くん……まだ教室《きょうしつ》に、いますように。

そう願《ねが》って、無我夢中《むがむちゅう》で教室《きょうしつ》までの道《みち》を走《はし》る。

廊下《ろうか》は走《はし》っちゃいけないとか、体力不足《たいりょくぶそく》なこととか、そんなことは全部《ぜんぶ》頭《あたま》の中《なか》から抜《ぬ》けていた。

とにかく……伝《つた》えなきゃ。

今《いま》まで、晴《はれ》くんの存在《そんざい》に何度《なんど》も何度《なんど》も何度《なんど》も救《すく》われたこと。
晴《はれ》くんがいたから、今《いま》の私《わたし》があること。
晴《はれ》くんと――できるなら、これからも仲良《なかよ》したいって、こと……。
教室《きょうしつ》に着《つ》いて、中《なか》を確認《かくにん》せずに扉《とびら》を開《あ》けた。

好《す》き【side 晴《はれ》】

『空《そら》が望《のぞ》むなら、ずっと友達《ともだち》でもいい。……そのくらい好《す》きだよ』

『ごめんね……』

遊園地《ゆうえんち》に行《い》った日以来《ひいらい》、空《そら》とは気《き》まずい状態《じょうたい》が続《つづ》いていた。

もちろん、こんな状態《じょうたい》が続《つづ》くのはよくないってわかってるし、俺《おれ》だってできるなら前《まえ》みたいに、空《そら》と仲良《なかよ》くしたい。

だけど、もしかしたら俺《おれ》が話《はな》しかけたら、空《そら》は気《き》まずいかなとか……そういうことを考《かんが》えたら臆病《おくびょう》になってしまって、自然《しぜん》と空《そら》をさけてしまっていた。

日直《にっちょく》の仕事《しごと》で空《そら》が代《か》わりになってくれて、今日《きょう》こそはいつもどおりに話《はな》そうって思《おも》ったけど……結局《けっきょく》できなかった。

「……あの、やっぱり残《のこ》りは俺《おれ》がするよ」

空《そら》に気《き》をつかわせてしまっているのがわかって、その状況《じょうきょう》が申《もう》し訳《わけ》なくてそう言《い》った。

「え……？」

「だから、空《そら》はもう帰《かえ》って大丈夫《だいじょうぶ》だよ」

「……」

「気《き》にしないで。ね？」

これでいいんだ。

空《そら》も、今俺《いまおれ》とふたりきりで気《き》まずかっただろうし、ほっとしてるはず……。

……あれ？

空《そら》……どうしてそんなに悲《かな》しそうな顔《かお》、してるの……？

「……う、うん……わかった……」

無理《むり》に作《つく》ったような笑顔《えがお》を浮《う》かべて、教室《きょうしつ》から出《で》ていった空《そら》。

空《そら》のためを想《おも》ってしたことだったけど、またまちがえたかな……。

また、あんな顔《かお》させるなんて……。

俺《おれ》、まちがえてばっかだ……。

「……ほんと、自分《じぶん》が嫌《いや》になる……」

どうすればいいんだろう……。

空《そら》にだけは笑顔《えがお》でいてほしいのに、その空《そら》の笑顔《えがお》を奪《うば》ってる。

空《そら》のことが好《す》きで、大好《だいす》きで、誰《だれ》よりも大事《だいじ》にしたい。

でも……大事《だいじ》する手段《しゅだん》がわからない……。

空《そら》も俺《おれ》の顔《かお》を見《み》ると気《き》まずそうにしているから、もう今《いま》はあいさつさえ、しないほうがいいのかもしれない。

俺《おれ》が空《そら》のことを好《す》きだって知《し》って、相当嫌《そうとういや》だったかな……。

俺《おれ》とはちがって、雲《くも》は告白《こくはく》しても今《いま》までと変《か》わらず空《そら》と仲良《なかよ》くしている。

同《おな》じ状況《じょうきょう》なのに、こんなに関係《かんけい》が変《か》わってしまったってことはつまり……俺《おれ》に問題《もんだい》があるんだ。

考《かんが》えても結局《けっきょく》わからなくて、ただただ頭《あたま》を抱《かか》えたまま時間《じかん》が過《す》ぎていった。

どうすれば……。

『晴《はれ》くんっ……！』

空《そら》を笑《わら》わせて、あげられるんだろう。

もう一度《いちど》……心《こころ》からの空《そら》の笑顔《えがお》が見《み》たい……。


――ガラガラガラッ！

突然教室《とつぜんきょうしつ》の扉《とびら》が開《あ》いて、反射的《はんしゃてき》に顔《かお》を上《あ》げる。

……え？

そこにいたのは——息《いき》を切《き》らした空《そら》だった。

走《はし》ってきたのかな……？

「空《そら》、どうしたの？」

もしかして、忘《わす》れ物《もの》とか……？

立《た》ち上《あ》がって空《そら》に聞《き》くと、空《そら》はゆっくりと、俺《おれ》のほうに近《ちか》づいてきた。

「あの、あのね……」

何《なに》か言《い》おうとしている空《そら》が心配《しんぱい》になって、俺《おれ》も空《そら》に歩《あゆ》み寄《よ》る。

「大丈夫《だいじょうぶ》？」

ケガをしてる様子《ようす》はないし……顔色《かおいろ》も……うん、悪《わる》くない。

やっぱり、忘《わす》れ物《もの》？

教室《きょうしつ》に戻《もど》ってくる理由《りゆう》なんて、それしか思《おも》いつかない。

心配《しんぱい》でじっと見《み》つめると、空《そら》は息《いき》を整《ととの》えるように深呼吸《しんこきゅう》した。

「あのね……私《わたし》……晴《はれ》くんに、言《い》いたいことがあるの」

「俺《おれ》に……？」

言《い》いたいことって聞《き》いて、真《ま》っ先《さき》に抱《いだ》いた感情《かんじょう》は不安《ふあん》だった。

もしかしたらはっきり、関《かか》わりたくないって言《い》われるかもしれない……。

いや……空《そら》は、そんなことを言《い》う子《こ》じゃない。

俺《おれ》が好《す》きになった女《おんな》の子《こ》は……誰《だれ》よりも優《やさ》しくて、愛情深《あいじょうぶか》くて、絶対《ぜったい》に人《ひと》を傷《きず》つけない子《こ》だから。

「全部《ぜんぶ》ちゃんと、あらためて話《はな》すから……聞《き》いてくれないかな」

正直《しょうじき》どんな話《はなし》なのかわからなくて怖《こわ》かったけど、空《そら》のお願《ねが》いをきかないっていう選択《せんたく》肢《し》は俺《おれ》にはなかった。

俺《おれ》も……覚悟《かくご》を決《き》めよう。

「うん、聞《き》かせて」

空《そら》が何《なに》を言《い》っても、受《う》け止《と》める。

これ以上《いじょう》、好《す》きな子《こ》から逃《に》げたくない。

「私《わたし》……もうわかってると思《おも》うけど、晴《はれ》くんが好《す》き、なの」

空《そら》の言葉《ことば》に、心臓《しんぞう》が大《おお》きく音《おと》を立《た》てた。

……っ、危《あぶ》ない。また、かんちがいしそうになった。

空《そら》の好《す》きは……俺《おれ》とはちがうんだ。

いいかげん理解《りかい》しろよ、俺《おれ》……。

「うん、友達《ともだち》として好《す》いてくれてるのはわかってるよ」

あわててそう言《い》うと、空《そら》はきょとんと目《め》を見開《みひら》いた。

「ち、ちがうよ」

「え？」

ちがう……？

何《なに》を言《い》ってるのと言《い》いたげな瞳《ひとみ》に、頭《あたま》の中《なか》が混乱《こんらん》する。

どういうこと……？

もしかして、友情《ゆうじょう》の好《す》きですらないって、こと……？

そんなはやとちりをしそうになった俺《おれ》を見《み》て、空《そら》はゆっくりと口《くち》を開《ひら》いた。

「友達《ともだち》としても、もちろん好《す》きだけど……」

空《そら》の顔《かお》が、ほんのりと赤《あか》く染《そ》まっている。

そしてその顔《かお》は、今《いま》にも泣《な》きそうに見《み》えた。

空《そら》……？

何《なに》を、言《い》おうとしてるの……？

そんな顔《かお》で見《み》られたら、俺《おれ》……。

「晴《はれ》くんに、こ、恋《こい》してるの」

——また、かんちがいしてしまう。

ふたりきりの教室《きょうしつ》に、沈黙《ちんもく》が流《なが》れる。

俺《おれ》は空《そら》の言葉《ことば》を理解《りかい》できなくて、頭《あたま》が真《ま》っ白《しろ》になった。

「……恋《こい》？」

今《いま》、そう言《い》った……？

ありえない、聞《き》きまちがいだ。

だって、空《そら》が俺《おれ》を好《す》きなんて……しかもそれが、恋愛感情《れんあいかんじょう》としての好《す》きなんて、そんなの俺《おれ》の夢《ゆめ》の中《なか》でしかありえない。

かんちがいするなと、何度《なんど》も自分《じぶん》に言《い》い聞《き》かせる。

だけど、空《そら》の表情《ひょうじょう》が、瞳《ひとみ》が、好《す》きだって訴《うった》えかけてくるみたいで……どうしても、かんちがいには見《み》えなかった。

もし、もしも……本当《ほんとう》に空《そら》が俺《おれ》のことを、好《す》きだって言《い》ってくれるなら……。

「晴《はれ》くんが、大好《だいす》きなのっ……」

——俺《おれ》はもう、今日《きょう》世界《せかい》が終《お》わったって構《かま》わない。

つづく

次回予告《じかいよこく》

覚悟《かくご》を決《き》めて、晴《はれ》に気持《きも》ちを伝《つた》えた空《そら》。

ふたりの恋《こい》のゆくえは――？

「俺《おれ》、もう空《そら》のこと、好《す》きって言《い》ってもいい……？」

『ウタイテ！』第二章《だいにしょう》、完結《かんけつ》！

「空《そら》のことが好《す》きだ。大好《だいす》きだ。俺《おれ》の気持《きも》ちは変《か》わらない」

「大好《だいす》きだよ。負《ま》けないからね」

「俺《おれ》が……一番好《いちばんす》きだっつーの……!!」

「僕《ぼく》にとって、最初《さいしょ》で最後《さいご》の恋《こい》だから。悪《わる》いけど、遠慮《えんりょ》はしないよ」

「大好《だいす》き。一生《いっしょう》でも永遠《えいえん》でも——俺《おれ》のすべてで誓《ちか》うよ」

第十巻《だいじっかん》は【二〇二五年三月二〇日】発売予定《はつばいよてい》!

あとがき

こんにちは、作者《さくしゃ》の＊あいら＊です！

いつも『ウタイテ！』シリーズを応援《おうえん》していただきありがとうございます！
⑨巻《かん》、楽《たの》しんでいただけましたでしょうか？
こんなじれったいところで終《お》わらせてしまってすみません……！

この先《さき》については何《なに》も言《い》ってもネタバレになってしまうので、ぜひ次回《じかい》のあとがきでお話《はな》しさせていただければと思《おも》います……！　空《そら》ちゃんの恋《こい》のゆくえを見守《みまも》っていただけると嬉《うれ》しいです……！


『ウタイテ！』はついに、次《つぎ》の巻《かん》で二桁《ふたけた》に突入《とつにゅう》します！

最初《さいしょ》は三巻完結《さんかんかんけつ》の予定《よてい》でスタートした本作《ほんさく》が、まさか⑩巻以上《かんいじょう》続《つづ》くシリーズになるなんて、驚《おどろ》きと感謝《かんしゃ》の気持《きも》ちで胸《むね》がいっぱいです……！

第二章完結《だいにしょうかんけつ》と次回予告《じかいよこく》にありますが、第三章《だいさんしょう》もあります！　つまり、⑪巻《かん》の発売《はつばい》も決《き》まっています……！

こんなにも長《なが》く『ウタイテ！』シリーズを続《つづ》けさせていただけるのも、応援《おうえん》してくださる読者様《どくしゃさま》のおかげです……！

いつも温《あたた》かい応援《おうえん》、本当《ほんとう》にありがとうございます……！

まだまだ空《そら》ちゃんとスカイライトのみんな、海《うみ》ちゃん、ダクエレのみんなとの書《か》きたいエピソードがたくさんあるので、これからも『ウタイテ！』シリーズを応援《おうえん》していただけると嬉《うれ》しいです！

もちろん、巻《かん》を重《かさ》ねるごとに、溺愛度《できあいど》も胸《むね》キュン度《ど》もアップできるように頑張《がんば》ります！

最後《さいご》に、本作《ほんさく》に携《たずさ》わってくださった方々《かたがた》に感謝《かんしゃ》を述《の》べさせてください！

いつも素敵《すてき》なイラストをありがとうございます、イラストレーターの茶乃《ちゃの》ひなの先生《せんせい》！

すてきなデザインに仕上《しあ》げてくださったデザイナーさま！

『ウタイテ！』に関《かか》わってくださったすべての方《かた》に、心《こころ》からお礼申《れいもう》し上《あ》げます！

それでは、『ウタイテ！⑩』でもお会《あ》いできることを願《ねが》っております！

二〇二四年十一月二〇日　＊あいら＊

野いちごジュニア文庫

著・＊あいら＊

ハッピーエンドを専門に執筆活動をしている。2010年8月『極上♥恋愛主義』が書籍化され、ケータイ小説史上最年少作家として話題に。ケータイ小説文庫のシリーズ作品では、『溺愛120%の恋♡』シリーズ（全6巻）、『総長さま、溺愛中につき。』（全4巻）に引き続き、『極上男子は、地味子を奪いたい。』（全6巻）も大ヒット。野いちごジュニア文庫でも、胸キュンしたい読者に多くの反響を得ている。小説サイト「野いちご」で執筆活動中。

絵・茶乃ひなの（ちゃの　ひなの）

愛知県出身。アプリのキャラクターイラストや、小説のカバーイラストを手掛けるイラストレーター。A型。趣味は読書で、特に恋愛ものがすき。

ウタイテ！⑨
まさかのスキャンダル!?　急展開の恋のゆくえは…？

2024年11月20日 初版第1刷発行

著　者　＊あいら＊
発行人　菊地修一
デザイン　北國ヤヨイ（ucai）
発行所　スターツ出版株式会社
〒104-0031 東京都中央区京橋1-3-1 八重洲口大栄ビル7F
TEL 03-6202-0386（出版マーケティンググループ）
TEL 050-5538-5679（書店様向けご注文専用ダイヤル）
https://starts-pub.jp/
印刷所　大日本印刷株式会社

Printed in Japan
ISBN 978-4-8137-8181-3 C8293

この物語はフィクションです。
実在の人物、団体等とは一切関係がありません。

ファンレターのあて先

〒104-0031　東京都中央区京橋1-3-1 八重洲口大栄ビル7F
スターツ出版（株）書籍編集部 気付
＊あいら＊先生
いただいたお便りは編集部から先生におわたしいたします。

noichigo
書く
マイページ
何度でもチャレンジできる！
まいにちスタンプ
あと6日スタンプをためると
書籍最新刊がもらえるチャンス!!
2
3
4
5
6
7
※本キャンペーンは、スターツ出版株式会社が独自に行うもので、
Apple Inc.とは一切関係がありません。